# 멸망한 지구를 주웠다

**SPECTACLE FANTASY STORY**
고랭지 판타지 장편소설

**멸망한 지구를 주웠다** 제12권

**초판 1쇄 인쇄일** | 2024년 10월 23일
**초판 1쇄 발행일** | 2024년 10월 30일

**지은이** | 고랭지
**발행인** | 조승진

**편집기획팀** | 이기일, 이종혁, 김정환, 노상균
**출판제작팀** | 이상민

**펴낸곳** | 영상출판미디어(주)
**주소** | (07551) 서울, 강서구 양천로 570, NH서울축산농협 NH서울타워 19층(등촌동)
**전화** | 02-2013-5665(代) | **FAX** 032-3479-9872
**등록번호** | 제 2002-000003호
**홈페이지** | www.ysnt.co.kr
**E-mail** | ysnt2000@hanmail.net

ⓒ 2024, 고랭지

이 책은 영상출판미디어(주)가 작가와의 계약에 따라 발행한 것이므로
본사의 서면 동의 없이는 어떠한 방법으로도 이용할 수 없습니다.

ISBN 979-11-380-5357-0
ISBN 979-11-380-3682-5 (세트)

※잘못된 책은 본사나 구입처에서 교환하여 드립니다.
※저자와의 합의하에 인지를 붙이지 않습니다.

※ 본 작품은 픽션입니다.
본 작품에 등장하는 인물, 단체, 지명, 국명, 사건 등은 실존과는 일절 관계가 없습니다.

# 멸망한 지구를 주웠다

제1장 청소 작업     009
제2장 마법사 레이첼     025
제3장 감찰관     041
제4장 세 번째 영지전 설계     079
제5장 결행     129
제6장 도박은 죽어야 끊는다     167
제7장 새로운 세력     193
제8장 페로우 영지의 대전략     245
제9장 카이스트     271

원산도 선촌 선착장 임시 상황실.
제론은 1차 청소를 마치고 돌아왔다.
천막에서 상황을 지켜보고 있던 이한설이 달려왔다.
"수고 많으셨어요!"
"별말씀을."
짝짝짝!
"고생 많으셨습니다!"
선발대의 모든 사람들이 박수를 쳤다.
그들의 얼굴에는 벅참과 기대가 한껏 감돌았다.
제론이 원산도를 청소한다고 했을 때도 반신반의했던 사람들이다.
각개 격파를 하는 것이라면 몰라도 수십 마리나 되는 변이체를 한곳에 모아서 '몰이사냥'을 하겠다고 선언하니 걱정도 많았다.

하지만 제론은 힘을 보여 주었다.

얼마나 손쉽게 사냥에 성공했는지를.

하늘을 올려다보면 서울 연합의 드론들이 보였다.

드론들은 멀찌감치 떨어져 있었다.

이쪽의 의도대로 몸을 움츠렸다는 뜻이다.

척!

남대현이 드론들을 향해 빅 엿을 날렸다.

제론 역시 쳐들어오라면 오라는 메시지를 보냈으니, 사람들은 거칠 것이 없어졌다.

"하하하! 움찔하는 꼬락서니가 볼 만하군요."

"저놈들이 적이 될지 아군이 될지는 모르겠지만, 우선은 적으로 가정하고 요새를 쌓도록 하죠."

"요새요?"

"간단하게 성벽을 두르고 그 위에 무기들을 배치하는 겁니다. 높이 8m의 성벽이라면 웬만한 변이체들도 한 번에 뛰어넘기 힘듭니다. 인간은 더더욱 그렇죠."

"요새화라니! 그건 생각도 못 했습니다."

"섬 자체가 방어막이 되어 주겠지만 약탈자들이 쳐들어온다고 가정하면 성벽이 없는 것보다는 있는 것이 낫죠."

"이를 말씀입니까! 그런데 그게 쉽게 가능한가요?"

"마법을 쓰면 되죠."

제론은 간단하게 말했다.

마음만 먹으면 하루 만에 일부 지역을 요새화하는 것도 가능하다.

어차피 변이체들을 몰이해 사냥해야 했는데, 그때마다 마력이 완충되었다.

2, 3차 변이체들은 사냥감에 불과하였기에 훌륭한 마나 수급처가 되는 것이다.

몰이사냥을 통해 서클의 용량도 증가시킬 수 있었으니 일석이조다.

짝짝!

"그럼 시작해 볼까요?"

"예!"

선발대원들은 더욱 바쁘게 움직였다.

제론은 이들에게 희망을 보여 주었다.

시간만 좀 들이면 섬 곳곳이 정화된다는 점과 요새까지 만들어 적을 방비할 수 있게 된다.

희망이 있는 사람은 없던 힘도 쓰는 법이다.

당진 시청.

서울 연합은 목적지를 앞두고 당진에서 주춤했다.

지금 눈앞에서 벌어지고 있는 광경을 보고 있노라면 이

대로 서산으로 향해도 되는 것인지 심각하게 고민이 됐다.

"이런 말도 안 되는 일이."

서울 연합의 연합장 백시경은 굉장한 위기를 맞고 있었다.

지금껏 어떻게 생존해 왔는데, 목적지를 코앞에 두고 물러난다는 말인가?

수도권은 지옥이었고, 한반도 어디를 가나 변이체로 들끓었다.

요즘 들어 놈들의 숫자가 줄었다지만, 진화를 거듭해 강력해졌으므로 안전한 장소는 그 어느 때보다 필요한 시점이었다.

"후."

벌컥! 벌컥!

백시경은 홀로 모니터를 보며 술을 들이켰다.

이제 중요한 결정을 내려야 한다.

진군할 것인가, 돌아갈 것인가.

서울을 출발할 때 600명이 넘었던 인원은 어느덧 500명 이하로 줄어들었다.

어떤 지역으로 가더라도 안전하지 않았으며, 5차 진화체라도 나타나는 날에는 전멸을 각오해야 한다.

"어쩌다 이렇게 됐지?"

서울 연합의 모태는 K대에서 시작된 작은 쉘터였다.

생존을 최대의 가치로 내걸었으나 최소한 약탈자는 되지 말자는 명분 아래 많은 사람들이 모여들었다.

변이체가 진화하기 시작한 후에는 약탈자들이 점거하고 있던 수도 방위 사령부를 쳐서 생존지로 만든 후 지금껏 생존해 왔다.

그들은 수도 방위 사령부의 무기들로 무장하여 수도권 최대의 세력으로 성장했다.

백시경은 나름대로 명분을 중시하는지라 약탈자들에게 진절머리를 낸 자들이 모여 강력한 무력 또한 보유하게 되었다.

허나 물자는 무한한 것이 아니다.

이 시대는 농사도 쉽지 않았고, 원정을 나가 물자를 수급하는 것도 한계에 부딪쳤다.

4, 5차 진화체가 등장하면서부터는 도저히 서울에서 버틸 수 없는 수준이 되었다.

서울 연합은 전국을 정찰하며 서산에 변이체가 존재하지 않는다는 것을 알게 되었다.

매일 진화체들과 전투에 시달리며 숫자가 줄어들고 있던 그들에게는 희소식이었다.

백시경의 결단으로 목숨을 건 대이동이 시작되었다.

2, 3차 변이체들은 사냥하고 4, 5차 진화체들은 피해서 이동했다.

서울에서 여기까지 오는 과정은 결코 쉽지 않았다.

우여곡절을 겪으며 당진에 도달했을 때, 그들은 충청권에 거대 세력이 존재함을 알았다.

섬에 흩어진 세력이었으며 원산도로 이주하려 한다는 사실을 알아냈다.

여기까지는 큰 문제가 없다고 생각했다.

섬 세력은 섬에 특화되어 있었으며, 서울 연합은 육지에 특화되어 있었다.

각자의 영역이 있었기에 오히려 협력하는 관계가 될 수도 있다고 여긴 것이다.

문제는 서해안의 생존자들을 이끄는 '괴물'이 등장하면서부터다.

"마법이라니. 그게 말이 되나?"

서해안 연맹을 이끄는 마법사는 모든 사람들이 그토록 두려워했던 변이체를 몰이사냥 했다.

그 정도의 실력이라면 4, 5차 진화체들도 직접 처리한 것이 아닌가 싶었다.

유독 변이체들이 서산에만 들어가지 않는 것만 해도 그랬다.

변이체는 지능을 가지고 있었기에 포식자의 영역에는 절대 발을 들이지 않았다.

변이체들에게 있어 서해안 연맹의 수장은 '포식자'였던

것이다.

그리고 오늘.

마법사는 그 힘을 보인 후, 백시경을 향해 메시지를 전달했다.

[쳐들어오려면 와라. 허나 내 구역을 침범하려 한다면 너희들의 목숨은 내려놓아야 할 것이다.]

마법사는 전쟁을 준비하고 있었다.

그 호전적인 모습에 백시경의 고심은 깊어졌다.

그는 술을 연거푸 들이켜고는 다시 모니터로 눈을 돌렸다.

"괴물 같은 인간."

마법사는 순식간에 성벽을 일으켜 요새를 만들고 있었다.

전쟁이 벌어지면 서울 연합이 일방적으로 불리할 것이다.

그야말로 진퇴양난이었다.

마법사가 변이체를 쓸어버리고 여러 가지 마법을 사용할 때마다 백시경은 진심으로 후퇴해야 하는 것이 아닌지 고민했다.

바다 너머로 해가 떨어지고 있었다.

곧 있으면 어두워질 것이다.

낯선 땅에서 밤을 보낸다는 것은 멸망한 지구에서 금기시되는 일이다.

변이체는 밤에 더 강해지는 경향이 있었다.

밤눈이 밝았기에 생존자들은 해가 떨어지기도 전에 은신처를 찾아 은신하는 것이 기본이었다.

하지만 부둣가 부근 요새에는 켜켜이 불이 밝혀져 있었다.

하루 종일 제론이 변이체를 사냥하고 요새를 만드는 동안, 서해안 연맹 사람들도 가만히 있지는 않았다.

섬의 변이체들이 사냥되고 있는 것을 목격하고는 바로 이주를 시작했다.

마침 성벽도 완성되고 있던 참이다.

높이 8m의 성벽이 든든하게 요새를 감싸고 있었다.

생존자들은 성벽 위에 무기부터 설치했다.

기관총과 발리스타, 박격포까지 올려 빠르게 요새화시켰다.

이만하면 혹시나 변이체가 온다고 해도 요격할 수 있는 수준이었다.

각 섬과 태극 연합의 기술력이 결합되자 신문명이 건설되는 땅의 방어력은 매우 견고해졌다.

"전쟁을 해도 될 정도군요."

"모두 제론 님 덕분입니다!"

"정말 수고 많으셨습니다!"

사람들은 고립된 섬이 아닌 제법 넓은 지역을 얻게 되었다는 것만으로도 굉장히 기뻐했다.

안전만 보장된다면 예전과 같은 삶으로 돌아가는 것도 불가능한 일은 아니었다.

제론은 성벽 위로 올라와 봤다.

완전히 해가 지고 달이 떴다.

허허벌판에서는 변이체들의 움직임이 보이지 않았다.

하루 종일 원산도를 돌아다니며 변이체들을 학살하였으니 남아 있을 리가 없다.

몰이사냥의 결과 원산도는 안전해졌다.

물론 지능이 존재하는 놈들이었으니 구석진 곳에 숨어 있을 가능성도 있기는 했다.

그런 놈들은 밤새도록 열화상 카메라를 부착한 드론이 돌아다니며 찾아낼 것이다. 그리고 아침이 되는 즉시, 군인들이 파견되어 사냥할 예정이었다.

제론의 역할은 몰이사냥까지다.

카렌 대륙에서도 할 일이 많았으므로 계속해서 신경을 쓰고 있을 수는 없었다.

"한설 씨."

"네, 연맹장님!"

"지금부터는 변이체들이 문제가 아닙니다. 아시죠?"

"서울 연합이 문제겠죠."

"면밀하게 놈들을 감시해야 합니다. 제가 있는 이상 바로 쳐들어오지는 않겠지만, 만약 그런 일이 벌어지면 남쪽 다리를 폭파시키세요."

"알겠습니다."

"그리고 승훈 씨."

"예!"

"원산도의 변이체를 다 쓸어버리기는 했지만, 남아 있는 놈들이 분명히 있을 겁니다. 많지는 않을 것이니 꼼꼼하게 탐색해서 해가 뜨는 즉시 죽이세요."

"물론입니다."

"그럼 저는 가 보겠습니다."

"예? 어디로 가시나요?"

이한설이 깜짝 놀라 물었다.

하루 종일 고생해서 요새를 만들었으니, 여기서 함께 사는 것 아닌가 싶었던 것이다.

제론은 어깨를 으쓱였다.

"저는 다른 곳에서 온 사람입니다."

"쉘터가 있으신 건가요?"

"쉘터라……. 이보다 더 큰 세력을 이끌고 있습니다."

"아! 그래서?"

"제가 상주하지 못하는 이유죠. 연맹을 직접 지휘하지 않겠다는 것도 그 때문입니다."

이한설은 고개를 끄덕이면서도 의문이 남았다는 표정이었다.

서해안 연맹의 모든 상황실에서 이 부근을 꼼꼼하게 탐색했었다.

어디에 변이체가 있는지도 알고 있었는데, 제론이 왔다는 쉘터를 발견하지 못했다.

사람들의 의문이 깊어가자 이승훈이 해명을 해 주었다.

"여러분들은 태극 연합의 쉘터도 어딘지 몰랐지 않습니까?"

"그도 그러네요."

이한설을 비롯한 사람들은 억지로 이해하고 넘어갔다.

제론이 어디서 왔는지는 중요한 것이 아니다.

협력 관계를 구축하고 서로 주고받을 것이 있다는 점이 더 중요했다.

제론은 바이크에 올라 시동을 걸었다.

부르릉!

이만하면 제론이 해 줄 수 있는 일은 다 했다.

그는 인사를 마친 후 바이크를 몰아 남쪽 다리로 향했다.

지금은 다리 곳곳에 부서진 차량들이 널브러져 있었지

만, 며칠 안에 정리될 것이다.

원산도 내부도 마찬가지다.

안전만큼은 확보되었으니 사람이 살 만한 곳으로 바뀌어 나갈 것이다.

제론은 다리를 건너 바이크에서 내린 후 근처 상가 건물로 들어왔다.

당분간 은신처로 사용하기에는 나쁘지 않다.

쿨렁!

제론은 차원의 문을 열고 카렌 대륙으로 넘어왔다.

날씨가 서늘하게 느껴졌다.

테라스로 나오자 새 영지 노래가 흘러나오고 있었다.

정말 숨 돌릴 틈 없는 하루였다.

타이밍이 잘 맞았는지 방으로 들어오는 바이올렛과 마주했다.

"영주님! 일어나셨어요?"

"오냐."

"어라? 벌써 옷을 갈아입으셨네요."

"사람이 바쁘게 움직여야지."

"하여튼 부지런하신 분이라니까. 바로 식사 준비할게요."

제론이 테라스 의자에 앉자 바이올렛이 간단한 식사를 준비해 왔다.

영지를 내려다보자 영지민들이 바쁘게 움직이는 것이 보였다.

제론은 고소하게 퍼지는 빵을 음미하며 오늘 있었던 일을 생각했다.

"서울 연합을 이용할 수는 없을까?"

서울 연합이라고 해서 너무 경계만 하고 있었지만, 그들이 꼭 약탈자 성향을 가졌다고 단정할 수는 없었다.

그만한 세력을 유지하고 있었기에 별의별 짓들을 다하고 다녔을 것이라고 짐작할 뿐, 확정은 아니다.

"정확한 숫자는 모르지만 대충 500명 정도라고 했지. 그만한 인원과 협력할 수 있다면."

발전된 지구의 인프라를 카렌 대륙으로 빠르게 옮겨 올 수 있을지도 모른다.

일과가 시작되기 전.

제론의 방으로 레이첼이 찾아왔다.

그녀는 마탑에서 보낸 마법사로, 지금은 계약을 통해 잠시 영지에 머무는 중이었다.

얼마나 걸릴지는 몰라도, 마법진에 대한 기초적인 지식들을 전수해 줄 예정이었다.

"안녕하세요, 영주님?"

"바로 수업을 시작하려고 하나?"

"수업 시간을 어떻게 제가 정할 수 있겠어요? 영주님께서 정해 주셔야죠."

"그럼 왜? 술이 없나."

"술은 마음껏 마시고 있어요."

레이첼은 어제 마신 술이 덜 깼는지 미약하게나마 술 냄새를 풍겼다.

그래도 일과 시간에는 술에 취해 다니지는 않았다.

그랬다가는 바로 계약이 파기되고, 바로 마탑에 컴플레인을 걸었을 테니까.

"차 한잔하겠나?"

"주시면 감사히 마실게요."

목적이 있어 제론을 찾은 것이 분명했다.

시계를 보니 새벽 6시.

곧 영지 회의에 참석해야 한다.

일주일에 한 번, 월요일 아침은 정기 회의였으니까.

그래도 차 한 잔 마실 시간은 있었다.

후루룩.

"……!"

그녀는 달달한 커피를 맛보더니 눈알이 튀어 나올 정도로 놀랐다.

제론이 그 반응을 보며 웃었다.

당연히 놀라울 것이다.

단맛이라고는 꿀이 전부인 이 세상에서 정제당은 신세계일 테니까 말이다.

정제당은 빠르게 혈당을 올려 준다.

가뜩이나 술을 해독하느라 당이 부족할 테니, 믹스커피

를 마셔 주면 해장이 조금 빠르게 되는 느낌을 받을 것이다.

"이게 뭔가요? 엄청나네요."

"귀한 손님에게만 대접하는 특별한 차지. 마음에 드나?"

"무척이나 마음에 들어요."

그녀는 정신없이 커피를 마셔 댔다.

1분이 채 되지 않아 잔을 비운 그녀가 진지한 얼굴을 했다.

"영주님."

"무섭게 왜 그래?"

"저 여기서 살면 안 돼요?"

"안 되긴. 원하면 정착할 수 있지."

"그게 아니라 영지 마법사가 될 수 있을까 해서요."

"영지 직속 마법사가 되겠다고?"

"네! 제가 비록 서클은 낮아도 마법진에 조예가 깊거든요! 가신으로 받아 주신다면 최선을 다하겠습니다!"

"호오."

'의외의 소득인데?'

제론은 깜짝 놀랐다.

레이첼이 직접 찾아와 가신이 되겠다고 말할 줄은 전혀 예상치 못했기 때문이다.

하지만 마탑에 소속된 마법사가 영지의 가신이 될 수 있을까?

마탑이 아툰 왕국과 관계를 맺고 있긴 해도 그곳의 마법사를 데려오는 것은 다른 문제였다.

우선은 그것부터 물어봐야 한다.

"경은 마탑의 마법사다. 경 때문에 아툰 왕국과 마탑 사이가 틀어지면 큰일이지."

"그건 걱정하지 마세요. 마탑에서 파면을 시켜 주겠다고 했거든요."

"파면을 시켜?"

"마탑을 나가겠다고 했더니, 그렇게 하라고 전서구가 왔어요."

"허. 그리 쉽게?"

"헤헤, 제가 좀 사고뭉치였거든요."

제론은 단번에 어떻게 된 일인지 파악했다.

레이첼은 술주정뱅이다.

매일 술이나 퍼마시는 주정뱅이를 마탑에서 좋게 볼 리가 없었다.

마법진을 다루는 실력은 뛰어날지 몰라도, 2서클 수준의 마법사는 마탑에 차고 넘쳤다.

희귀한 직업인 마법사를 이미지 때문에라도 마탑에서 강제로 추방할 수는 없었다.

그저 여기저기 파견해 골칫거리를 멀리 떨어뜨려 놓았는

데, 알아서 마탑을 나간단다.

그러니 마탑주 입장에서는 쌍수를 들고 환영할 일이 아닌가.

마탑의 입장은 이해했다.

그렇다면 페로우 영지의 무엇이 그녀를 붙잡은 걸까.

"우리 영지에 정착하기로 한 이유는?"

"영주님께서는 대현자가 되실 예정이잖아요?"

"응? 그걸 어떻게 알아?"

"느낌이 와요. 이미 오르셨는지도 모르고."

"……."

'감이 좋은 건가.'

세상에 우연은 없다.

레이첼의 기감이 꽤 뛰어나다는 증거였다.

"그 밖에는?"

"영주님께서는 대귀족치고 유하신 성격에 영지민과 가신에게 잘 대해 주세요. 무엇보다 술을 마음껏 마실 수 있어서 좋아요!"

여러 가지 복합적인 이유였다.

제론이 생각하기로는 술 때문이 큰 것 같았지만.

"가신이 되면 일과 시간에 술을 마시는 건 곤란해."

"그건 맹세할 수 있어요!"

"그럼 나쁠 것 없지."

제론은 입꼬리를 올렸다.

애초에 마법진을 연구하려 했던 이유는 마도 공학을 발전시키기 위해서였다.

지구의 발전된 과학과 마법을 결합하는 것.

마법이 큰 도움이 되지 않는다고 해도 워낙 과학 문명이 뛰어났기에 결합되는 순간 괴물이 탄생할 터였다.

제론이 해야 할 일을 레이첼에게 넘길 수도 있었다.

그녀가 가신이 되어야 할 이유는 차고도 넘친다.

"그럼 계약을 해 볼까?"

"받아 주시는 건가요?"

"받아 주지 않을 이유가 있나. 영지 직속 마법사를 거느린 귀족이 어디 흔할까. 그런 이유가 아니더라도 레이첼 경이라면 믿을 수 있어."

"감사합니다!"

제론은 기밀 서약부터 했다.

페로우 영지는 가신이 아니라면 공유할 수 없는 기밀이 넘쳐흐르고 있었다.

그랬기에 정보가 새어 나가면 세상이 뒤집어진다.

독립 전쟁을 시작하고 난 이후라면 모르겠지만, 그 전에 소문이 퍼지는 것은 치명적일 수도 있었다.

기밀 서약은 반드시 필요한 일.

스스슥.

그녀는 읽어 보지도 않고 사인을 마쳤다.

"이렇게 간단하게?"

"어차피 영지 기밀을 유출시키지 말라는 서류잖아요?"

"그렇지."

"굳이 기밀을 유출할 생각도 없어요. 그럴 깜냥도 되지 않고요. 아는 사람도 없는데, 어디로 유출하겠어요?"

제론은 한 가지 사실만 주지시켰다.

기밀을 유출하면 반드시 추적해 주살한다는 내용이었다.

그녀는 고개를 끄덕였다.

모름지기 기밀이라면 이 정도 페널티는 있어야 했다.

그다음은 가신 계약이었다.

그녀에게 봉토가 내려지는 것은 아니었기에 봉신 계약은 아니다.

봉신 계약은 백작령 휘하 귀족으로 임명되어 봉토가 내려질 때 이루어진다.

물론, 가신 계약이 봉신 계약의 하위 호환임은 분명했다.

"사인하게 되는 순간, 경과 나는 상호 계약으로 묶인다. 이는 평생을 넘어 대대로 이어지는 계약이니 신중하게 사인하도록."

스스슥.

또다시 그녀는 사인을 곧바로 마쳤다.

제론은 머리를 긁적였다.

"귀족과의 계약이 무엇을 뜻하는지는 알고 있나?"

"상호 협약으로 계약이 파기되지 않는 이상 죽어서도 이어지죠."

"그걸 아는 사람이 그리 쉽게 계약을 해?"

"며칠 동안 고심하고 내린 결론이에요."

"경이 심사숙고했다면야."

본인이 그렇다면 더 이상은 해 줄 말이 없었다.

제론은 계약서 2부를 작성해 나누어 가졌다.

공증도 받을 것이니, 계약서가 사라진다고 해서 계약이 끊기는 것은 아니다.

이로써 레이첼은 영지 공식 마법사가 되었다.

"잘 부탁한다."

"그 전에 묻고 싶은 것이 있어요."

"뭔데?"

"영주님은 대현자에 오르셨나요?"

"그래, 운이 좋았지."

"역시 그럴 줄 알았어요!"

제론의 고백에 레이첼은 매우 기뻐했다.

아무렴.

충성을 바치더라도 같은 길을 가는 군주라면 더할 나위 없을 것이다.

그 군주가 대륙 최고의 경지에 올랐다면 더더욱.

"그럼 가자고."

"네? 어디요?"

"오전에 정기 가신 회의가 있거든."

"네!"

목소리 한 번 우렁찼다.

어쩌면 레이첼은 자신을 믿고 받아 줄 군주를 찾아다녔는지도 몰랐다.

영지 회의실에 페로우 가문 가신들이 모두 모였다.

가신들 중에서는 카렌 대륙 출신도 있었고, 지구인 출신도 있었다.

백작령 규모에 비해 가신이 많은 편은 아니다.

모자라는 인력은 하급 관료를 많이 뽑아 보충하도록 했다.

달리 말하면 가신 하나하나의 권한이 상당히 강하다는 뜻이다.

머지않아 봉토를 받게 될 봉신들도 탄생할 것이다.

제론이 레이첼을 달고 나타나자 가신들은 고개를 갸웃거렸다.

"마법사 아가씨가 여긴 왜……?"

"새롭게 가신 계약을 맺었다."

"와아! 우리 가문에 공식 마법사가 가신으로 온 건가

요!?"

"영지 직속 마법사지."

"잘 부탁드립니다, 영지 최고의 미남 가르시아입니다!"

"레이첼이에요."

꽤 아름다운 젊은 여자가 가신으로 들어왔다고 하니, 가르시아 경이 가장 기뻐했다.

제론은 놈에게 단단히 주의를 줬다.

"행여나 레이첼 경에게 찝쩍거리지 마라."

"아하하! 이 가르시아, 가신은 건들지 않습니다."

"물론 결혼할 생각이라면 사귀어도 돼."

"정중히 사양하겠습니다."

가르시아 경의 눈이 한없이 진지해졌다.

레일라 경이 그 꼴을 보더니 한숨을 내쉬며 레이첼과 인사했다.

"저 인간은 신경 쓰지 마세요. 멀리하면 더더욱 좋고요."

"재밌는 분인데요, 뭐."

"그렇다고 넘어가진 마시고."

"바람둥이는 제 취향이 아니랍니다."

"크윽! 내가 뭐 어쨌다고!"

"……."

분위기는 나쁘지 않았다.

여자 가신 한 명이 추가되었다고, 회의장 분위기가 좀 바뀐 것 같았다.

가르시아는 레이첼이 여자라고 기뻐했지만, 박 노인을 비롯한 지구인들은 다른 이유 때문에 몹시 기뻐했다.

"앞으로 잘 지내보세!"

"아, 네. 어르신."

"딱딱하게 어르신은 무슨. 편하게 박 노인이라고 부르게."

"아닙니다. 예의가 있는데요."

"언니, 잘 부탁해요!"

"환영합니다."

레이첼은 지구인 출신 가신들과 일일이 인사를 나누었다.

그녀는 인사를 받느라 정신이 없었지만, 왜 이렇게 지구인들이 좋아하는지 곧 알게 될 것이다.

제론은 영주였기에 함께 연구를 하고 싶어도 정해진 시간에만 할 수 있었지만, 레이첼은 그렇지 않았다.

공식 마법사라는 직함이 달렸으니, 여기저기 기밀 장소에 끌고 다녀도 문제는 없었다. 그 말은 기술 개발에 적극 투입된다는 뜻이다.

제론은 스산한 한기까지 느꼈지만, 레이첼은 여전히 자신의 미래가 어떨지 알아채지 못한 듯했다.

짝짝!

"이제 회의 시작하지."

제론은 손뼉을 쳐서 분위기를 환기시켰다.

회의가 시작되자 여러 가지 안건이 튀어나왔다.

먼저 광산 개발에 대한 건이다.

"어제 영주님께서 5개 광산 개발을 지시하셔서 오늘 새벽에 전문가들이 각지로 파견됐습니다."

"예정지가 나왔나."

"드론으로 탐색을 했었고, 동방 출신 탐색꾼들이 현지답사도 했죠. 이제 시추를 해서 채산성만 검사하면 돼요."

강유정의 답변이다.

그녀가 직접 나섰다면 믿을 수 있다.

지구인 출신 광산 전문가가 나섰다면, 영지 내에서 가깝고도 채산성이 가장 높은 광산을 찾아 개발을 시작할 것이다.

거기까지 일이 진행되면 바로 철도를 깔아야 한다.

박 노인이 그 건에 대해 보고했다.

"개발이 결정되는 즉시 철도를 깔 수 있도록 준비하지."

"가능하겠습니까?"

"요즘 막대한 양의 철광석이 들어오고 있거든. 노동력도 충분하니 문제없을 게야."

"바바리안들이 거주할 도시의 부지 선정은 어찌 됐습니까?"

"그건 정했어요."

박지은이 손을 들었다.

신도시 설계는 박지은이 모든 일을 맡아서 처리한다.

부지 선정과 설계에 이르기까지, 그녀의 손을 거치지 않는 곳이 없었다.

다행히 요즘에는 각 분야에서 드론이 적극적으로 활용되고 있었다.

굳이 직접 이동하지 않고도 적합한 부지를 선정할 수 있었기에 일이 좀 덜어졌다.

3개 도시가 먼저 건설되고, 차차 늘려 가기로 결정된 만큼 그녀의 역할은 막중했다.

"설계 안건 올리도록 하고."

"네!"

회의가 착착 진행되었다.

오늘 가신이 된 레이첼은 회의의 내용을 쫓아오지 못했다.

열심히 필기는 하고 있었지만, 모든 내용을 알기는 당연히 무리였다.

굳이 그녀와 관련된 일이 아니었기에 가신들도 따로 귀띔하지 않았다.

하지만 지금부터는 다르다.

"자, 이제 마도 공학 관련 부분이다. 여기 레이첼 경이 마도 공학 책임자로 갈 것이니, 공방과 협력해 최대의 성과를 내도록."

"제가 책임자라고요!?"

"마법 부분 책임자지."

"너무 처음부터 임무가 막중한데요?"

제론의 말이 떨어지기 무섭게 공방 책임자들이 눈을 빛냈다.

레이첼은 흡사 마귀처럼 느껴지는 눈빛들 때문에 몸을 떨어야 했다.

정기 회의가 끝났다.

말만 들어 봐도 꽤 만족스러운 발전상이다.

제론은 하나둘 자리를 뜨는 가신들을 보며 생각했다.

'이대로만 하자.'

페로우 영지의 발전은 가속이 붙어 상상을 초월할 정도로 빨랐다.

서울 연합과 관계를 맺을 수 있다면 향후 1년 내에도 독립이 가능하지 않을까 싶었다.

하지만 서울 연합과의 관계는 신중하게 접근할 필요가 있었다.

그들이 약탈자가 아니라는 확신이 있어야 했으니까.

서울 연합을 상대하는 문제는 서해안 연맹 전체의 사기

와도 관련이 있었으므로 당분간 지켜보다가 그곳 책임자를 만나 볼 생각이었다.

그 전에 놈들이 약탈자라는 증거가 나오면?

그때는 가차 없을 것이다.

아깝기는 해도 약탈자 놈들과 협력할 수는 없는 노릇이니까.

"주군!"

회의장을 나갔던 가르시아 경이 도로 들어왔다.

"무슨 일이냐?"

"그, 급보가 왔사온데 감찰관이 오후에 도착한다고 합니다!"

"뭐!?"

제론은 물론 가신들의 몸까지 굳었다.

언제고 감찰관이 오리라고는 생각했다.

대설원을 치기 위해 군대를 일으킨 것이 사실이었고, 소문이 상인들에게 흘러들어 가 번졌다.

막는다고 막을 수 있는 문제가 아니다.

대설원을 정벌하고 돌아와서는 제론이 왕실에 장계를 올렸던 것이다.

군대를 움직였으니 너무나 당연한 절차였다.

하지만 왕실의 대처가 너무 빨랐다.

"누가 개입을 했나?"

"그건 아닐 겁니다."

"확실해?"

"대전쟁도 끝냈겠다, 괜히 북방에서 변고가 터지면 곤란하니 발 빠르게 대처한 것 아닐까요?"

"거참, 또 이런 때는 일 처리가 빨라."

제론은 한숨을 내쉬었다.

중세 시대의 일 처리를 생각하면 최소한 몇 개월은 걸리지 않을까 예상했었다.

실질적인 대처에 들어가기까지는 반년에서 1년은 걸린다고 본 것이다.

느려 터진 행정의 대명사인 아툰 왕국에서 이만큼 빠르게 대처했다는 것은 매우 이례적인 일이었다.

"뇌물의 부작용인가."

"너도 나도 주군께 잘 보이고 싶었던 것 같네요."

"하여간 인기가 많아도 문제야."

아툰 왕국의 귀족치고 제론에게 뇌물을 받아먹지 않은 사람이 드물다.

최근에는 제론이 공을 세우고 급격하게 세력을 확장해 귀족 사회에서 발언권이 강화되고 있는 중이었다.

이런 상황에 바바리안이 발호했으니, 왕실에서는 공무에 나가 있는 귀족들 중에서 페로우 영지와 가까운 곳에 머물고 있는 고위 귀족을 감찰관으로 임명해 보낸 것이 틀림없었다.

"어찌합니까?"

"어쩌기는? 맞이해야지."

"괜히 대설원이 정벌됐다는 소문이 돈다면······."

"입단속은 철저히 했겠지?"

"물론이죠."

"그럼 됐다. 누가 올지는 모르겠지만 입조심만 시켜. 나머지는 내가 알아서 한다."

"예, 주군!"

가신들의 움직임이 더욱 바빠졌다.

기사부터 시작해 병사들까지.

대설원을 정벌했다는 이야기는 함구해야 한다.

은근하게 소문이 도는 것과 기정사실이 되는 것은 엄연히 다른 문제다.

그렇다고 바바리안이 발호해 영지가 위험해 처했다는 소문이 나서는 안 되었기에, 균형 있는 대처가 필요한 상황이었다.

누가 감찰관으로 오느냐가 관건이었다.

"부디 왕세자파 관료가 왔으면 좋겠는데."

오후 12시 반.

딱 점심을 먹을 때에 맞춰 감찰관이 영지에 들어왔다.

깃발을 보니 제론과 친분이 있는 귀족이었다.

"렌카이 백작?"

"천만다행입니다."

"한시름 놨네요."

가신들은 한숨을 내쉬었다.

렌카이 백작이 누군가?

하네스 백작만큼은 아니더라도 제론과 친분이 깊었다.

시작은 마차 때문이었지만, 지금은 형 동생 하며 지내는 사이였다.

개인적으로 서신을 보내 안부를 물을 정도였으며, 선물을 주고받기도 했다.

그런 렌카이 백작이 왔다면 괜찮다.

제론이 조금만 신경을 써 주면 왕실이 바바리안에게 신경을 끄게 만들 수도 있었다.

약간의 준비가 필요하긴 했지만.

"레일라 경!"

"예, 주군!"

"가서 뇌물을 준비해 오도록."

"어느 정도 수준으로 준비할까요?"

"랭턴 공작에게 보내는 정도로."

"바로 준비하겠습니다!"

레일라 경은 명령을 받고 곧바로 사라졌다.

렌카이 백작과 친분이 깊다고 해서 마음대로 움직일 수 있는 것은 아니다.

제론이 원하는 수준으로 왕실에 보고하게 하려면 나름의 뇌물이 필요했다.

친분을 이용해 정보를 약간만 조작해 주면 만사형통인 것이다.

두두두두!

저 멀리서 렌카이 백작이 탄 마차가 보였다.

마차는 왕실 기사들이 호위하고 있었다.

제론이 성 밖으로 직접 나와 마중했다.

"어서 오십시오, 형님!"

"오오, 아우님! 잘 지냈나?"

"저야 형님 덕분에 잘 지냈습니다."

"하하하! 아우님을 보니 힘이 나는군!"

"형님께서 어찌 직접 오셨습니까? 대전쟁이 끝난 지 얼마 되지도 않았는데요."

"폐하의 명령이니 별수 있나? 각 영지를 돌며 배상금을 전달하던 중이었네."

"영지의 상황도 감찰할 겸 전국을 순회하고 계셨던 것이군요."

"정확하네."

전쟁이 끝났다고 전후 처리까지 끝난 것은 아니다.

배상금 문제도 그렇고, 확장된 군대를 축소하고 있는지도 감찰해야 했다.

이는 통상적인 절차였으나 꽤 중요한 임무라 고위 귀족이 임명되기 마련이었다.

전국을 순회하는 감찰관으로는 렌카이 백작이 임명됐다.

방랑벽이 약간 있는 렌카이 백작이었기에 영지에 처박혀 있기보다는 이런 임무를 선호해 배정된 것으로 보였인다.

그 과정에서 뇌물을 좀 받아 챙기는 것은 부가 수입이었고.

"들어가시죠. 여독이 쌓였을 텐데 좀 쉬셔야죠."
"괜찮네. 할 일부터 마무리하고 쉬어야지."
"식사는 하셔야 할 것 아닙니까. 굴비를 구워 놓으라고 지시했습니다."
"허험, 그래?"
"소주도 빠질 수 없고요."
"허험, 험험."

렌카이 백작은 괜히 헛기침을 했다.

여러 반찬이 곁들여진 굴비 정식과 안동 소주를 마다할 귀족은 없다.

기왕 여기까지 왔으니 원산지(?)에서 나는 굴비와 함께 반주를 곁들이자는 제론의 청을 렌카이 백작은 거절하지 못했다.

물론 제론과 렌카이 백작은 같은 파벌이었기에 감찰이 느슨하게 이루어진다는 점도 한몫했다.
"으하하! 폐하의 충실한 귀족인 페로우 백작인데, 감찰은 좀 미루어도 되지. 아니 그런가?"
"지당하신 말씀입니다."
기사들도 그러려니 하는 모양이었다.
같은 파벌에 대한 감찰은 원래 형식적이다.
한배를 탄 사이라는 인식이 있었기에 감찰 중에 불법적인 일을 발견한다고 해도 덮어 줄 상황이었다.
감찰을 미루는 정도야 별일 아니다.
"가시죠!"
"기사분들은 저를 따라오세요. 식사하셔야죠?"
"그, 그럴까요?"
기사들은 시녀들을 쫓아갔다.
대접을 해 준다는데 마다하면 그것도 이상한 일이다.
왕실 기사도 왕세자파라고 봐야 했으니 더더욱 그랬다.

제론은 렌카이 백작과 함께 시내를 관통했다.
페로우 영지는 눈부신 발전을 거듭하고 있었다.
더 이상 산간벽지의 시골 영지가 아니라는 뜻이다.
"정말 놀라울 지경이네. 이만하면 웬만한 후작령 뺨치지 않나. 오히려 그보다 더 발전한 것 같은데?"

"이곳이 페로우 본성이니 그렇지요. 어디 다른 지역까지 신경 쓸 여유가 있겠습니까?"

"그래도 대단해. 도대체 얼마나 영지를 발전시키려고 이러나? 돈이 많이 들 텐데."

"별수 없는 일입니다. 유민은 계속 유입되고 있지만, 일자리가 없으니 말입니다. 공공 근로라도 시켜 생계를 유지시켜야 합니다."

"발전하는 것은 좋은데, 자금이 남아나지 않겠군."

"말도 마십시오. 이번에 받은 하사금과 배상금이 거덜 나기 직전입니다."

"자네와 같은 거상이 힘에 부칠 지경이라니, 허허."

"시골 촌구석에서 대영지를 만드는 것이 어디 쉽겠습니까?"

"그도 그래."

제론은 변명하기에 바빴다.

그나마 변명이 통해서 다행이었다.

유민이 지속적으로 유입되고 있는 것은 사실이다.

페로우 영지는 몇 년 전만 해도 남작령이었다.

그런 변방 영지가 대영지로 발전해야 한다?

막대한 자금력이 아니면 불가능하다.

실제로 영지에 막대한 자금이 투입되고 있는 것도 사실이었다.

국제 무역을 통해 천문학적인 자금을 벌어들이고 있지 않으면 절대 불가능한 일이었다.

"최근에 우형이 정말 안타까운 소식을 들었네. 바바리안이 발호하여 군대를 일으켰다면서?"

"어쩔 수가 없었습니다. 사소한 시비로 시작되었는데, 부족 몇 개가 연합해 쳐들어오는 바람에 처리를 해야 했죠."

"지원이 필요한 일인가?"

"……."

여기부터가 중요했다.

렌카이 백작은 정말로 걱정을 하고 있었다.

왕실에서도 마찬가지였다.

백작령은 완벽하게 자리 잡아 신규 세력이 되어야 한다.

파벌에 대귀족 하나가 추가되면, 그만큼 든든해지기에 어떻게든 지원하려는 것이다.

감찰이 벌써 들어온 이유도 이 때문이었다.

만약 페로우 영지가 감당하지 못할 정도로 바바리안이 설치면 왕실 차원에서 군을 일으켜 지원을 해 줄 생각이었다.

하지만 그 자체로 제론에게는 재앙이었으니 굉장히 아이러니한 상황이 아닐 수 없다.

"문제없습니다. 다 처리했죠."

"잘 생각해 보게. 야만인 놈들은 그냥 쓸어버리는 것이 낫지 않나? 라피스 왕국에서 배상금을 두둑하게 뜯어낸 지금이야말로 기회라네. 왕실 차원에서 군을 보내 지원해 줄 수도 있어."

"정말 괜찮……."

"폐하께서 내게 직접 확인해 보고 판단하라 지시하셨네. 자네 영지가 크는데 문제가 생기면 안 되거든."

"말씀은 정말 감사합니다만, 정말로 문제없습니다. 오히려 이번에 놈들을 치고 나서 바바리안들과의 관계가 개선되었습니다."

"정말인가?"

"거래 물량을 늘리기로 합의하기까지 했죠. 앞으로 아이스 트롤 가죽과 마석의 거래량이 더욱 늘어날 겁니다. 마석을 수급하는 일은 멈추면 안 됩니다. 마탑과의 관계를 이어가야 할 것 아닙니까?"

"그건 그렇지. 만약 내전이 터지면 그들을……."

렌카이 백작은 더 이상 말을 이어 가려다 말았다.

내전은 매우 민감한 문제였기에, 사람이 많은 자리에서는 꺼낼 수 없는 주제였다.

렌카이 백작이 황급히 말을 돌렸다.

"신병 훈련은 하고 있나?"

"물론입니다."

"잘 준비하고 있군."

렌카이 백작과의 이야기는 잠시 멈추었다.

지금부터 남은 이야기는 기밀이기도 했고, 곧 영주성에 도착하기에 식사하면서 해도 충분했다.

제론은 영주성으로 들어오며 가슴을 쓸어내렸다.

'이만하면 대충 넘어간 것 아닌가?'

더 이상 렌카이 백작이 다른 생각을 못 하도록 식당으로 데려왔다.

입구부터 고소한 굴비 냄새가 번졌다.

렌카이 백작은 식탁에 앉자마자 입맛을 다시며 그 맛을 기대하고 있었다.

사람마다 입맛은 다르다고 하지만, 굴비 싫어하는 사람은 드물다.

제론은 안동 소주까지 한 잔 채워 주며 렌카이 백작의 총기를 흐리게 했다.

"형님! 한잔하시죠!"

"오오! 이 그윽한 향이라니! 아우님 덕분에 이 우형이 호강하네!"

"우리 사이에 별말씀을 다 하십니다."

서로 주거니 받거니.

좋은 안주에 안동 소주가 술술 들어가니 렌카이 백작의 얼굴에 금방 취기가 올라왔다.

렌카이 백작도 제론이 같은 파벌 사람이었기에 긴장을 푸는 듯싶었다.

개인적인 친분까지 있으니 금상첨화다.

벌써 소주를 한 병이나 해치웠다.

제론은 시녀에게 술을 더 가져오라고 지시했다.

"하하, 이러면 안 되는데?"

"뭘요. 아우의 영지에 왔으니 이 정도 대접은 받으셔야죠. 바바리안 문제는 이미 해결됐으니 형님의 공무는 이제 끝난 것 아닙니까?"

"그, 그렇지?"

렌카이 백작의 반응에 제론은 씩 웃었다.

'끝났군.'

렌카이 백작의 공무가 무사히 끝났다.

내일 아침이 되면 통상적인 절차로 영지를 슥 둘러보기는 할 테지만, 특별한 문제는 발생하지 않을 것이다.

이번에 렌카이 백작이 방문한 이유는 왕실의 걱정 때문이었다.

혹시나 페로우 영지가 바바리안 때문에 망하면 상당한 골치였으므로 감찰관을 보내 실제로 상황이 어떤지 알아보게 한 것이다.

렌카이의 입장에서는 영주가 괜찮다는데 할 말이 없었다.

술 때문에 약간 정신이 흐려지기도 했고.

제론이 정계의 소식에 대해 물었다.

대전쟁이 끝나고 페로우 영지로 올라온 이후 정신없는 나날을 보냈었다.

지구와 카렌 대륙으로 오가며 산업화에 신경을 썼으며, 내정을 다스리는데 총력을 기울였다.

다크 문을 통해 소식은 종종 듣고 있었지만, 암흑가 세력이 정계의 세세한 소식까지는 물어오지 않았다.

"정계 말이군."

렌카이 백작은 중앙 정계 이야기가 나오자 한숨을 푹 내쉬었다.

그 역시 랭턴 공작과 비슷한 증상을 보였다.

정계가 답답하여 어떻게든 외유를 나오려 노력하고 있었다.

이번에도 마찬가지다.

제론은 단순한 방랑벽 때문이라고 여겼지만, 역시 정계는 만만치 않게 돌아가는 모양이었다.

"전에 폐하께서 쓰러지셨다는 이야기는 했었지?"

"예, 대전쟁을 마무리하시고 쓰러지셨다고요."

"일어나셔서 정무를 보시다가 쓰러지길 반복하시네."

"그 정도면 좀 쉬셔야 하는 것 아닙니까?"

"폐하께서도 본인의 수명이 얼마 남지 않았다는 사실을

인지하셨네. 이 때문에 은퇴를 하시겠다는 생각은 접으셨지."

"이런."

제론은 진심으로 안타깝게 생각했다.

국왕에게 충성이 우러나와 그러는 것이 아니라, 은퇴를 할 것이니 마차를 제작해 달라던 모습이 눈에 선해서다.

은퇴 후에는 왕국이 절단이 나든 말든 상관없다는 듯이 말하더니, 결국 국왕도 사람이었다.

자신이 지금껏 일구어 온 왕국이 무너지지 않도록 죽기 직전까지 일을 하고 있는 것이다.

제론 같았으면 바로 용상을 박차고 나왔겠지만, 국왕의 생각은 다른 듯했다.

"그 덕분에 정계는 더욱 살얼음판일세. 우리는 내년 초 정도를 예상하고 있지만 그보다 빠를 수도, 늦을 수도 있지."

국왕의 서거를 말하는 것이었다.

렌카이는 신하 된 입장으로 군주의 죽음을 직접 거론하기가 어려워 돌려 말했다.

"흠."

제론은 밋밋한 턱을 쓰다듬었다.

지금껏 너무 본인만 생각하며 살지 않았나 싶다.

산업화에 정신을 팔리다 보니 정계가 어떻게 돌아가고

있는지도 몰랐다.

"상황이 이러하니 각 파벌에서는 최대한 휘하 세력을 키우기 위해 노력하고 있네. 다들 군대를 해산하지 않고 있는 이유도 그 때문이야."

"혹시 형님께서 돌아다니시는 이유가."

"그래, 강제로라도 군을 해산시키기 위해서지. 다들 몸집을 빵빵하게 부풀리고 있어. 언제라도 내전이 터질 수 있다는 사실을 인지하고 있는 게지."

렌카이 백작은 혀를 찼다.

이번에 내전이 터지면 그야말로 운명을 건 승부가 될 것이다.

제론의 고민은 깊어졌다.

내전이 터지는 순간이 전환점임은 분명했다.

다시는 오지 않을 기회였기에 어떤 식으로든 움직여 이익을 취해야 했다.

문제는 시간이었다.

산업화가 완료되고 내부가 안정되려면 최소한 2년은 필요했다.

앞으로 6개월도 지나지 않아 내전이 터져 버리면 제론은 선택의 기로에 놓이게 된다.

'내전에 참전할 것이냐, 독립 전쟁을 시작할 것이냐. 그것도 아니면 관망할 것이냐.'

제론이 깊은 생각에 잠겨 있을 때, 렌카이 백작이 매우 중요한 질문을 던졌다.

"희생양은 정했나?"

"예?"

"자네에게 기회가 있다는 사실을 알고 있지 않나."

"아아."

제론은 고개를 끄덕였다.

대전쟁이 끝난 후 영지로 올라오면서 세 번의 습격이 있었다.

지금껏 너무 바빠서 잊고 살았다.

다크 문을 비롯해 여러 경로를 통해 배후를 캐고 있었다. 지금껏 심증은 있지만 물증을 잡지 못하고 있는 상태였다.

그러다 보니 자연스럽게 관심에서 멀어졌는데, 렌카이 백작이 다시 일깨워 주어 그 문제가 표면으로 올라왔다.

"정확한 배후가 밝혀지지 않아 잠시 미루어 두고 있었습니다."

"그럴 줄 알고 이 우형과 하네스 백작이 조사를 진행했었네."

"그, 그렇습니까?"

"자네가 그 꼴을 당했는데, 어찌 형이라는 작자들이 가만히 있겠나? 수도의 정보력을 총동원했지."

"……."

인맥이 좋기는 했다.

다크 문은 훌륭한 정보 조직이었지만, 오래 전부터 막대한 자금을 투자해 운영해 왔던 조직들에 비하면 밀리는 감이 있었다.

렌카이 백작이나 하네스 백작은 날 때부터 대귀족이었고, 선대로부터 물려받은 탄탄한 정보 조직들이 있었다.

심지어 귀족 사회에 긴밀하게 연결되어 있는 인맥까지 동원해 배후를 캤다고 한다.

"참으로 오래 걸리기는 했지만 결국 꼬리를 잡았네."

"어떻게 말입니까?"

"역으로 추적해 들어가는 수밖에는 없었지. 자네가 잡은 용병단에게 의뢰를 넣은 암흑가 세력부터 조졌다네. 아주 복잡하게 엮어 두었더군. 한참이나 타고 올라가서야 라네스 후작이 연관되어 있다는 사실을 알았네."

"라네스 후작이라면 4왕자 파벌 아닙니까?"

"그렇지."

"어찌 4왕자 파벌에서 저를?"

"내전 이후의 발언권 때문이겠지. 자네를 제거했다는 공이 필요했을 테니까. 4왕자 세력이 가장 약하지 않나."

"과연."

제론은 머리가 복잡해지려 했다.

정치 이야기만 하면 골치가 아파 왔다.

정계에는 크게 3개의 파벌이 있었다. 2왕자파와 4왕자파의 세력이 연합해야만 왕세자파와 비슷한 수준이었다.

연합 세력은 지금도 불안했지만 더 큰 문제는 최근 급부상한 제론의 존재였다.

제론이 대귀족으로 성장해 몸집을 불려 나가면서 왕세자파의 세력이 조금 더 우세라고 했다.

4왕자파 수장인 하만 공작은 내전 이후 많은 지분을 주장하기 위해 총대를 메고 제론을 제거하기로 결심했다.

여기까지가 사건의 배후였다.

"물증도 있네. 라네스 후작이 암흑가 세력에 자금을 댔다는 장부 말이야."

"당연히 라네스 후작은 하만 공작의 명령을 받았겠군요."

"그렇다고 봐야지."

제론이 정치에 신경 쓰지 않고 있는 동안 정계에서는 치열한 공방을 주고받았다.

북방 끄트머리에 처박혀 영지 발전에만 신경 쓰고 있다고 해서 정계에서 벗어날 수 있는 것은 아니었다.

그가 없는 동안에도 정계는 백작령에 관심이 많았다.

페로우 영지가 일종의 저울추 역할을 하기 때문인지도 몰랐다.

보기보다 제론의 영향력은 컸으며, 이래저래 엮인 것이

많았다.

'독립 전쟁을 시작하는 것도 꽤 복잡하겠어.'

제론은 고개를 흔들었다.

당장은 렌카이 백작이 확보했다는 장부에 집중해야 했다.

"혹시 형님께서 직접 오신 이유가……."

"자네 얼굴을 보기 위함도 있지만, 좋은 기회가 왔으니 영토를 확장해야 하지 않겠나?"

"형님……."

"허허, 그런 얼굴 하지 말게. 우리가 어디 남인가?"

"그렇지요! 우리가 남입니까?"

이건 정말 큰 도움이었다.

이번에 발견된 장부로 인해 4왕자 파벌을 압박할 수단이 생겼다.

왕세자파에서도 이걸 빌미로 4왕자 파벌을 들이받기보다는 사건의 당사자인 제론이 4왕자 파벌 휘하의 영지 하나를 취하는 것이 이익이라고 봤다.

렌카이 백작이 희생양을 준비하라고 말한 것도 이 때문이었다.

'평소 인맥 다져 두기를 잘했다.'

이런 큰 선물을 해 준 렌카이 백작에게 많은 뇌물을 주어야 할 것이다.

그래도 괜찮다.

자작령 하나가 더해지면 페로우 백작령의 인구는 최소한 10만 이상 늘어난다.

본령의 인구만 60만이니, 그깟 뇌물이 문제가 아니다.

쪼르륵.

제론은 본격적인 이야기로 들어가려다가 술병이 비었다는 것을 알았다.

원래는 안동 소주 한 병 정도를 마시고 파할 생각이었지만, 이제 소주 한 병으로 끝낼 수가 없게 됐다.

렌카이 백작은 공무를 위해 방문했지만, 실질적인 의도가 있었던 것이다.

"여봐라!"

"네, 영주님!"

"소주를 좀 더 가져오고 싱싱한 해산물을 안주로 내오라고 해라."

"네!"

"허험, 형님. 괜찮으십니까?"

"응? 무얼?"

"여독이 많이 쌓이셨을 텐데, 소제가 괜히 형님을 괴롭히는 것은 아닌지."

"으하하! 세상에 술 싫어하는 남자 있나? 좋은 안주에 좋은 술이면 밤새 마셔도 이상하지 않지."

렌카이 백작도 어지간한 주당이었다.

처음에는 술을 마셔도 되는 것인지 고민했었지만, 취기가 올라오니 아예 본격적으로 낮술을 들이키려 하는 것이다.

잠시 후 안동 소주 두 병과 해산물 볶음이 나왔다.

당연히 술은 술술 잘도 들어갔다.

렌카이 백작이 몇 잔 정도를 음미하다가 지도를 폈다.

촤륵!

아툰 왕국 전도다.

드론으로 페로우 영지의 지도를 정확하게 제작했던 제론의 눈으로 보기에는 조악하기 그지없었지만, 이 시대에는 나름 기밀로 취급되는 물건이었다.

렌카이 백작과 제론은 지도를 들여다봤다.

어느 영지를 가져오는 것이 좋을지 함께 고심해 보는 것이다.

"레토아 영지는 어떤가? 남작령이지만 꽤 알짜배기야. 자네 땅과도 가깝고."

"딱 붙어 있지 않다는 것이 문제입니다. 그 가운데 저희 파벌 영지가 있다고는 해도 지배력을 제대로 행사하려면 붙어 있는 편이 좋죠."

"그도 그렇군."

페로우 영지에서 하나의 영지를 건너뛰고 땅을 받는다?

독립 전쟁이 시작되는 즉시 지배권을 상실하게 될 것이다.

제론은 반드시 페로우 영지와 붙어 있는 땅을 받아 내야 했다.

지도로만 봐도 페로우 영지는 꽤나 넓었다.

자작령을 얻어 내면 후작령으로 승격해도 될 정도로 말이다.

물론 그만한 공을 세워야겠지만.

제론과 렌카이 백작은 한참이나 지도를 보며 고민했다.

"형님, 여긴 어떻습니까?"

"데우스 자작령?"

"예, 제 영지와 붙어 있기도 하고, 산간 지역이라 자원도 많을 것 같습니다."

"너무 변방 아닌가?"

"인구도 12만 정도로 준수하고, 넓은 땅을 가지고 있습니다. 도시도 나름 발전했지요. 무엇보다 이 땅은 고립되어 있어 지배력을 행사하기에 쉬울 것 같습니다."

"으음."

렌카이 백작은 고심에 들어갔다.

현재 페로우 영지는 찌그러진 타원형 구조였다.

북서쪽이 쥐 파먹은 듯 파여 있었는데, 그곳이 바로 데우스 자작령이었다.

제론이 데우스 자작령을 손에 쥐게 된다면, 아튼 왕국의 최북단 지역은 전부 페로우 가문이 통치하게 된다.

미래를 생각해 보아도 이게 최선이었다.

"조금 아쉽기는 한데."

"데우스 자작은 폭정이 심하기로 유명합니다. 그 폭정의 이유가 도박 때문이지요. 들어 보셨습니까?"

"들어 보긴 했지. 술과 여자, 도박에 빠져 가혹하게 영지를 수탈한다고. 심지어 광산업으로 번 돈까지 모조리 쓸어넣어 절제심이 부족한 인사라는 평가가 있다네."

"불법을 저지르는 것은 아니지만 그런 귀족 같지도 않은 귀족이라면, 4왕자 파벌에서도 굳이 목숨 걸고 구하려 들지는 않을 겁니다."

"나쁘지는 않은데."

"일종의 안전 자산(?) 아니겠습니까?"

"하하하하! 아주 재밌는 표현이군. 털어 먹어도 뒤탈이 날 걱정이 적은 놈으로 하자? 민감한 시기이니 말이야."

"예, 어차피 내전이 시작되면 데우스 자작은 버티지 못합니다. 제가 가장 먼저 침공할 테니까요. 그럴 바에는 버리는 편이 낫다고 여길 겁니다."

제론의 말에 렌카이 백작은 매우 기뻐했다.

"자네, 대귀족이 다 됐군."

"형님들 덕분이지요."

"좋아! 그럼 세밀하게 계획을 짜 볼까?"

드르렁! 드르렁!

테이블 위로 안동 소주 4병이 굴러다녔다.

40도가 넘는 소주를 각 두 병이나 마셨으니, 여독이 쌓인 렌카이 백작은 더 이상 버티지 못하고 무너졌다.

3병이 넘어가기 시작한 후로는 렌카이의 혀가 꼬여서 무슨 말을 하는지도 알아먹지 못할 지경이었다.

그래도 성과는 꽤 있었다.

[데우스 자작이 자네를 습격한 거지. 우리는 사건을 조작해 증거를 만들어 제출하면 그만이네.]
[그리 간단하게 되겠습니까?]
[어차피 우리나 하만 공작이나 희생양이 필요한 것뿐이야. 그 희생양이 개망나니라면 더할 나위 없는 것 아닌가?]

윗선에서 암묵적이나마 합의가 이루어진 사안이라면 일사천리로 일이 진행될 수 있다는 의미였다.

제론은 새삼 권력의 속성이 어떤지 실감했다.

평소 인맥을 부실하게 관리한다면 언제라도 버림 패가 될 수 있었다.

지금껏 페로우 영지가 목숨을 부지할 수 있었던 것은 국왕이 직접 임명한 독립 영지라는 점 때문이었다.

아무래도 국왕 직속 영지는 건드리기가 꺼려졌으며, 페

로우 영지는 변방 중의 변방으로 인식되고 있어 좋은 먹잇 감이 아니었다.

귀족의 세계에서는 복잡한 정치 역학이 적용된다.

페로우 영지가 수백 년 동안 사라지지 않은 것은 운과 더불어 여러 정치적인 요소 때문이었다.

데우스 자작은 살아남기 위한 노력을 게을리하여 제론에게 먹히는 것이었고.

딸랑! 딸랑!

제론이 종을 흔들어 시종들을 불렀다.

"찾으셨습니까?"

"손님을 귀빈관으로 모시도록."

"예!"

"왕실 기사들은 어찌하고 있나?"

"영주성 연무장에서 대기 중입니다."

"알겠다. 물러가도록."

시종들은 렌카이 백작을 업고 사라졌다.

제론은 마나 심법을 운영해 취기를 날린 후에 포션을 한 병 들이켰다.

완벽하지는 않았지만, 술기운이 어느 정도 가셨다.

연무장에 도착하자 가만히 시간을 죽이고 있는 왕실 기사들의 모습이 보였다.

그들은 제론을 발견한 즉시 경례를 붙였다.

"백작님을 뵙습니다!"

"감찰관께서는 여독을 풀기 위해 쉬고 계신다. 모든 일정은 내일로 미룰 것이야."

"그렇습니까?"

기사들은 그리 대수롭지 않게 생각했다.

같은 파벌 인사에, 렌카이 백작과 제론이 막역하다는 소문은 정계에 자자하게 퍼져 있었다.

친한 사람들이 오랜만에 만나 낮술을 했다고 해서 이상한 일은 아니었다.

렌카이가 감찰을 온 이유도 페로우 영지를 뒤집어 약점을 잡자는 것이 아니라 국왕의 명령으로 바바리안의 동태를 확인하기 위해서였으니까.

제론이 괜찮다면 괜찮은 것이다.

"가르시아 경!"

"예?"

왕실 기사들과 놀고 있던 가르시아 경이 달려왔.

제론은 가르시아에게 금화 꾸러미를 하나 내밀었다.

"이게 뭡니까?"

"경의 오늘 공무는 끝이다. 멀리서 온 폐하의 기사들을 대접하도록."

"정말요?"

"왜? 싫으면 다른 사람에게……."

"아닙니다! 헤헤, 이건 제 전문이 아닙니까? 벌써 왕실 기사들과 친해져서 이런저런 고충을 이야기하던 중입니다."

'고충은 개뿔. 그냥 여자 이야기나 하고 있었겠지.'

"허험."

왕실 기사들도 싫지 않은 표정이었다.

"감찰관께서는 내일 아침은 돼야 일어나실 거야. 가르시아 경이 풍류를 아니까 가서 잘 대접해라."

"명을 받들겠습니다!"

그러자 가르시아 경이 실실거리며 왕실 기사들에게 접근했다.

여기저기서 환호성이 터져 나왔다.

괜히 왕실 기사들이 돌아다니면서 정보를 캐는 것보다는 술에 절여 버리는 것이 훨씬 나을 터였다.

다행히 페로우 영지의 양조 기술은 매우 뛰어난 편이었다.

와인 농장이나 소주 공장도 만들어 질 좋은 술이 대량으로 쏟아져 나왔다.

왕실 기사들이 입맛을 다시는 것을 보니 그들도 내심 기대하고 있던 모양이다.

손님 접대(?)는 가르시아 경이 전문이었으니, 이 문제는 그에게 맡기면 안성맞춤이다.

"그럼 갑시다!"
가르시아 경이 신나서 기사들을 이끌었다.

제론은 나름 깔끔하게 감찰을 나온 사람들을 보내 버렸다.
렌카이 백작은 술에 취해 뻗어 있었고, 왕실 기사들도 가르시아 경과 술을 퍼마시다 보면 필름이 끊길 것이다.
"이만하면 처리는 됐고."
제론은 집무실로 올라와 차를 한잔 마셨다.
젊음이 좋긴 했다.
인위적인 방법으로 취기를 제거했다고는 해도 이렇게 멀쩡하기는 힘들 텐데, 워낙 젊으니 몸에 별다른 타격이 없었다.
그래도 정무를 볼 정도는 아니라서 가만히 테라스에 앉아 생각에 잠겼다.
'때가 오고 있다.'
렌카이 백작의 말을 들어 보면 국왕의 상태가 매우 위중했다.
한 번 몸져누우면 일주일은 기본이라고 한다.
그러다 약간이라도 회복하면 정무를 보길 반복했으니, 한겨울을 버티지 못하고 죽을 수도 있었다.
국왕이 죽는 순간 내전이 가시화될 것은 뻔했다.
"이 시대의 느린 일 처리를 생각하면 내전이 발발하기까지 몇 개월은 더 소모되겠지."

대전쟁이 일찍 끝나는 바람에 각 영주들은 병력을 온전하게 보존할 수 있었다.

그 덕에 제론의 군대 역시 별다른 소모가 없었지만, 언제고 터질 수 있는 화약고가 왕국 내부에 있는 꼴이었다.

내전은 분명한 기회였다.

하지만 문제는, 바로 독립 전쟁은 불가능하다는 점이었다.

제론에게는 2년 정도의 시간이 필요했다.

지구인 출신 가신들도 하나같이 영지가 발전하기까지는 시간이 필요하다고 말했다.

몇 개월이면 당장이라도 독립 전쟁을 할 수준은 되지만, 아툰 왕국의 병력을 압살할 수는 없었다.

압살이 불가능하다는 것은 타 왕국이 끼어들 여지가 있다는 뜻.

제론이 독립 전쟁을 일으키는 순간 아툰 왕국은 갈가리 찢어지고 페로우 영지도 위협받게 될 것이다.

"결국 내전의 참전은 기정사실이다. 바바리안을 핑계로 약간의 군대만 동원해도 되려나?"

고심이 깊어졌다.

내전에 본격적으로 끼어들어 큰 영지를 받아 낼지, 최대한 군대를 유지해야 할지.

독립 전쟁의 시기를 가늠하기 힘들다는 것도 큰 고민이

었다.

"후."

제론은 숨을 몰아쉬며 고개를 흔들었다.

지금 당장 모든 것을 판단하기는 시기상조였다.

그렇기에 바로 할 수 있는 일을 해야 한다.

영지를 발전시키고 군대를 훈련시키는 것.

지구와 카렌 대륙을 오가며 많은 물자를 가져오는 것도 병행해야 했다.

동시에 정치적인 희생양이 될 데우스 자작령을 가져온다.

독립 전쟁에 대한 문제는 데우스 자작령을 손에 넣고 고민해도 된다.

"일단 눈앞의 일에 집중하자."

제론은 그렇게 결론을 내렸다.


다음 날 새벽.

제론은 일찍부터 일어나 하루 일과를 시작했다.

오늘은 평소와 같으면서도 다르다.

렌카이 백작이 감찰관으로 왔으니, 최대한 신경을 써야 한다.

백작은 명백한 우군.

그의 도움으로 영지 하나를 꿀꺽할 수 있게 되었으니, 뇌물도 넉넉하게 준비해야 했다.

똑똑.

"형님, 일어나셨습니까?"

"아우님 오셨나."

렌카이 백작은 정신을 차리지 못하고 있었다.

어제 그렇게 술을 마셨으니 멀쩡하면 그게 더 이상한 일이다.

이는 제론의 노림수이기도 했다.

'몸이 피곤해야 감찰도 소홀해지지.'

딱 봐도 렌카이 백작은 힘이 없어 보였다.

"해장하셔야죠."

"해장이라……. 뭘 먹으면 좀 나으려나."

"가시죠. 해장의 신세계를 보여 드리겠습니다."

"자네가 그리 자신하니 기대가 되는군."

식당으로 내려오자 맛있는 냄새가 진동했다.

강유정이 직접 끓인 북엇국이었다.

식탁에 앉자 시녀들이 밥과 국, 소박한 반찬을 내왔다.

"드셔 보시죠."

"그러지."

이때까지만 해도 렌카이 백작은 반신반의했다.

중세 시대에도 나름의 해장법은 있었으나 결국 물을 많이 마시고 자는 것을 최고로 쳤다.

올리브유를 들이켜거나 치즈로 해장을 하는 경우도 있었

지만 그것도 사람 나름이었다.

렌카이 백작은 그냥 물을 많이 마시는 편이라고 했다.

후루룩.

렌카이는 북엇국을 한 수저 입에 넣었다.

"음!?"

후룩! 후루루룩!

곧 폭풍 흡입(?)이 시작됐다.

제론은 그 모습을 보며 씩 웃었다.

아무렴.

한국 전통으로 내려오는 해장의 비법이 통하지 않을 리가 없다.

제론도 살짝 쓰린 속을 달랬다.

렌카이 백작은 그새 두 번이나 북엇국을 리필했다.

밥도 두 공기를 말아 뚝딱 해치운 그는 좀 살겠다는 표정이었다.

"아우님 덕분에 신세계를 구경했네!"

"속이 좀 괜찮으십니까?"

"아까까지만 해도 레테의 강을 건널 뻔했는데 지금은 멀쩡해졌어."

"다행입니다."

"도대체 이게 무슨 음식인가?"

"말린 명태로 만든 일종의 스프인데……. 레시피와 함께

재료도 챙겨 드리겠습니다."

"정말인가!?"

"이를 말입니까. 정기적으로도 보내 드려야죠."

"으하하하! 역시 내가 아우 하나는 잘 두었다니까."

렌카이 백작은 격하게 기뻐했다.

오고 가는 뇌물 속에 쌓이는 정.

아툰 왕국의 유구한 전통(?)이었다.

해장을 마치고 영주성을 나왔을 때에는 해가 뜨고 있었다.

마차 앞에는 왕실 기사들이 대기 중이었다.

그들 역시 죽을 맛인 모양이다.

가르시아 경이 나서서 작정하고 술을 부었을 것이니, 멀쩡한 인간을 찾기가 힘들었다.

그래도 기사는 기사라고, 점점 신색을 회복해 가고 있었다.

"오늘은 최전방을 한 번 둘러보겠네. 통상적인 절차야."

"그러시죠."

"자네가 괜찮다니 문제가 없을 것 같지만, 그래도 직접 보고 보고서를 작성해야 하니까."

"제가 모시겠습니다."

마차에 올라탄 렌카이 백작은 대충이나마 영지 내부를 살펴봤다.

창밖으로 분주하게 움직이는 영지민들이 보였다.

여기저기서 공사가 진행되고 있었으며 인부들은 열정적

으로 일했다.

그걸 본 렌카이 백작은 신기하다는 표정을 지었다.

"다들 왜 저렇게 열심히 일하나?"

"잘 챙겨 줘서 그렇습니다."

"잘 챙겨 줘?"

"임금 수준도 그렇고, 쉬는 시간 보장도 그렇고요."

"그러다간 자금이 남아나지 않을 텐데."

"어쩔 수 없습니다. 유민들을 자립시켜야 하니까요."

제론이 죽는소리를 하며 영지의 급격한 발전을 규모의 확장이라고 포장시켰다.

유민들이 자리를 잡아야 하니, 강제로 공사를 하는 중이라고 말했다.

다만, 기왕 하는 공사에 최대한의 효율을 보기 위해 꼼꼼한 정책을 편다고 말했다.

렌카이 백작은 그 부분을 그냥 넘겼다.

해장은 했다지만 아직 정상인 상태는 아니었으니, 세세하게 영지를 살피기 힘들었던 탓이다.

제론의 전략이 완전히 먹혀 들어가는 순간이었다.

한 번 창밖으로 눈길을 주었다가 뗀 렌카이 백작은 아예 푹신한 의자에 몸을 파묻어 버렸다.

말이 감찰이지 정말로 조사에 들어갈 생각은 아니었기에 최전방 상황만 확인하면 됐다.

렌카이 백작의 관심사는 다른 곳에 있었다.

"어제 내가 했던 말 기억하나?"

"데우스 영지 건 말씀입니까?"

"그래, 가능하면 빠르게 추진해야 하네."

"생각은 하고 있지만 쉽지는 않은 일인 것 같습니다."

"우형이 있을 때 진행하지."

"예!?"

제론은 깜짝 놀라 렌카이 백작을 바라봤다.

어제 짠 작전의 개요는 꽤 간단했다.

데우스 자작이 욕심에 눈이 멀어 제론을 다시 습격했다는 시나리오.

최대한 조심해서 일을 꾸밀 테지만, 렌카이 백작의 안전을 완벽하게 보장할 수는 없었다.

"뭘 그리 놀래. 자네가 마법사인데 내가 다치겠나? 그리고 최대한 안전에 유의해서 작전을 구상하면 되네."

"그건 그렇습니다만……."

"또한 그리해야 여론을 만들기 쉽지. 데우스 자작은 칙령관이 온 것도 모른 상태에서 습격을 가한 거야."

"……."

계획이 점점 구체화되어 갔다.

제론은 이쯤 되니 진심으로 의문이 들었다.

'아침에 먹은 북엇국이 그렇게 맛있었나?'

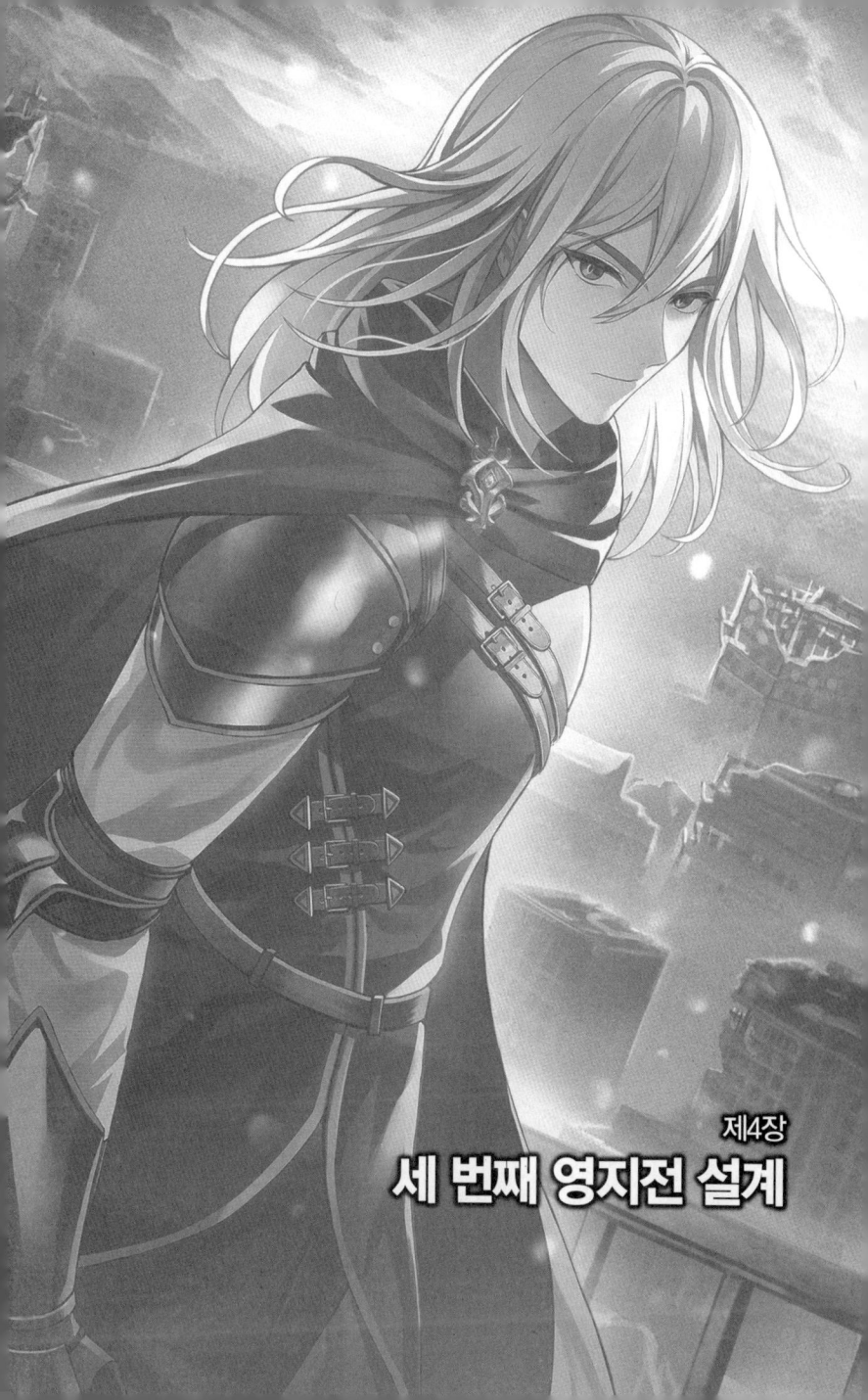

제4장
# 세 번째 영지전 설계

어제 술을 마시면서 세웠던 계획은 대략적인 그림이었다.

 계획을 실천에 옮기려면 타깃이 꼼짝하지 못할 정도로 치밀하고 디테일해야 한다.

 영지 내부를 돌아보는 것은 렌카이 백작의 임무에서 멀어졌다.

 숙취가 있기도 했고, 굳이 그럴 필요가 없어졌기 때문이다.

 영지에 신경을 끈 렌카이 백작은 등받이에 몸을 편히 기댄 채로 이야기했다.

 "그런 인간은 조사해 보면 수많은 원한 관계가 이어져 있다네. 털어서 먼지 안 나오는 사람이 없다지만 도박 중독자의 삶이 오죽하겠나?"

"형님의 말씀이 맞습니다. 그렇다면 정확하게 어떤 식으로 설계해야겠습니까? 습격을 위장한다는 것은 알겠습니다만."

"최소한 계약에 관여할 수 있는 인물이 필요하지."

"예를 들면 기사급에서 말이군요?"

"정확하네. 예전에도 써먹은 전략이지?"

"예."

귀족들이 평민을 장기짝으로 쓰는 것도 이런 이유에서였다.

기사급 이상의 인물이 관여하여 증거를 남기면 그 자체만으로도 공신력을 갖는다.

제론이 수도에서 영지로 올라올 때 받았던 습격 역시 용병을 통해 이루어졌다. 그것도 매우 복잡한 방법으로 말이다.

그래야만 행여 문제가 생겨도 꼬리 자르기를 할 수 있었다.

"도박 중독자 휘하의 기사들에게 문제가 없을까?"

"형님께서는 반드시 영주에게 원한을 가진 기사가 있다고 보시는군요."

"아무렴. 기사도를 중시하는 기사라고 해도 다 같은 인간일세. 영주의 폭거로 피해를 입었다면 충분히 원한을 가질 수 있어."

"예를 들면 영주의 폭거로 가족이 죽었다거나."

"그런 일이 있을 수도 있지. 어떤 식으로든 원한을 가졌다면 복수하고 싶어 하는 것이 인간이라네."

"불가능한 이야기는 아닌 것 같습니다."

"피맺힌 원한이면 더욱 좋아. 복수를 해 줌과 동시에 앞길을 열어 준다면 넘어오기 마련이지. 물론 한 번 배신한 인간은 다시 배신할 가능성이 높으니 중용하지 않는 편이 좋긴 해."

렌카이 백작의 계획은 이랬다.

며칠 동안 데우스 자작을 면밀하게 조사해서, 자작령 내부의 정보 길드를 이용해 그의 원한 관계를 꼼꼼하게 알아내는 것이다.

기사급 이상의 인물들 중에서 영주에게 원한이 있는 사람을 섭외하여 습격을 위장한다는 계획이었다.

"섭외된 기사는 실질적으로 자작령의 영지군을 이끌어야 할 것이네. 급한 일이라고 병력을 소집해 바로 습격을 가하는 것이지."

"좀 위험하지 않겠습니까?"

"들어 보게. 그 섭외된 기사는 데우스 자작에게 끔찍한 짓을 당해 온 거야. 그것도 모자라 칙령관까지 해하라는 영주의 극악무도한 명령에 따를 수가 없어 곧바로 자네에게 귀부하는 것이네. 자작령의 병력까지 이끌고 말이지."

"음, 허나 그리하면 해당 기사와 병사들의 가족이 문제 아닙니까?"

"사전에 계획을 철저하게 하고 미리 빼내야지."

제론이 전에 사용했던 방식과 비슷하면서도 달랐다.

그보다 더욱 치밀하고 안전했다.

"계획에 성공하게 될 시엔 기사의 자백서만 받으면 끝나겠군요."

"더불어 병사들의 자백서도 받지. 병사들 역시 해당 기사의 설득에 함께 귀부한 것이니. 병사들의 자백서만으로는 공신력이 없지만 기사의 자백과 함께라면 참고가 되지."

"그런 식으로 일을 처리하면 하만 공작도 조작된 증거라는 사실을 알아차릴 겁니다."

"문제없네. 암묵적인 협의가 끝났으니."

"이것이 정치군요."

"그렇지."

제론이 먼저 습격을 당하지 않았다면 이런 식의 일 처리는 불가능했을 것이다.

하만 공작도 지은 죄가 있었기에 꼬리 자르기를 해야 하는 형편이었다.

왕세자파에서 편의를 봐주어 정치적으로 하등 쓸모도 없

는 귀족에게 죄를 뒤집어씌우고 끝내면 그에게도 이익이었다.

이 소식이 수도로 올라갔을 때, 하만 공작이 심의를 해 보고 데우스 자작을 버려도 되겠다 싶으면 동조할 것이고, 도저히 안 되겠다 싶으면 들고일어날 것이다.

렌카이 백작은 하만 공작이 꼬리 자르기를 할 가능성이 높다고 봤다.

"안건이 수도로 올라가면 자네가 욕심을 내려놓았다는 사실을 저쪽에서도 인지할 것이야. 이 정도로 사건을 처리할 수 있어 이익이라 생각하겠지."

"사전 협의가 모든 것이군요."

"당연한 일이라네. 자네도 몇 번 정치 공작을 경험했으니 알겠지. 각 파벌 간에 협의가 이루어지지 않으면 그 어떤 전략이라도 쓸모가 없네. 어떤 사건이 터졌을 때 분주하게 뒷공작을 하는 것은 당연한 정치의 일면이야. 국무 회의는 그저 정치 공작의 결과를 펴는 것뿐일세."

"굉장히 심오하군요."

"무얼. 필요하다면 폐하께서도 사전 협의를 하시네. 당연한 절차라고 봐야지."

꽤나 복잡해 보이지만, 렌카이 백작은 아무렇지도 않게 생각했다.

대귀족으로 살아가다 보면 이런 일은 비일비재하다는 뜻

일 것이다.

"어떻게든 안건이 수도로 올라가기만 하면 일사천리겠습니다."

"그래, 섬세하게 계획을 세우고 수행하는 것이 문제일세."

"준비를 해 보겠습니다."

"나도 공무가 있으니 일주일 후에는 올라가야 해. 가능하면 그 전에 처리하게."

"예, 형님."

제론과 렌카이 백작이 모의하는 동안 마차는 영지 최북단에 도착했다.

달칵.

마차의 문이 열리자 어마어마한 한기가 몰아닥쳤다.

지금은 늦가을.

추수도 끝났고, 페로우 영지 본성에도 칼바람이 불었다.

최북단 교역 도시는 말할 것도 없다.

렌카이 백작은 북방의 지독한 날씨에 몸서리를 쳤다.

"사람 잡겠군."

"이 정도면 그렇게까지 추운 날씨는 아닙니다."

"이게?"

"보통 남쪽에서 오신 분들은 이런 반응이죠."

제론은 백작에게 아이스 트롤 가죽으로 만든 외투를 건

네주었다.

렌카이 백작은 그제야 살 것 같다는 표정을 지었다.

그는 빠르게 공무를 끝내고 싶어 했다.

'이런 때는 추운 것이 좋아.'

고위 귀족들은 결코 최북단으로 올라오려 하지 않았다.

정치 귀족들에게는 추위 자체가 고역인 것이다.

휘이이잉!

성벽 위로 올라오자 칼바람이 더욱 거세게 몰아쳤다.

그 아래 펼쳐진 도심에서는 상인들이 추위에도 아랑곳하지 않고 장사를 하는 중이었다.

북부인들도 추위에 강했지만, 바바리안에게는 아무런 타격도 줄 수 없는 날씨다.

렌카이 백작이 설렁설렁 도시를 둘러보더니 결론을 내렸다.

"별문제는 없는 것 같군. 오히려 순종적이지 않나."

"한번 쓸어버려서 그렇습니다. 힘을 보여 주었더니 놈들도 입을 닥치더군요."

"저들이 연합하여 밀고 내려올 가능성은 없나?"

"바바리안은 부족 체제를 이루고 있습니다. 느슨한 연합을 유지할 뿐이지 단결해 내려올 가능성은 적습니다. 그런 위험을 감수하는 것보다 교역을 하는 것이 이익이죠. 저들도 영 바보는 아닙니다."

"그렇게 보이기는 해."

제론은 아무렇지도 않게 설명했지만, 내심은 긴장하고 있었다.

괜히 렌카이 백작이 내려가 본다고 하면 어쩌나 싶었던 것이다.

바바리안들은 제론의 얼굴을 알고 있었기에 반드시 '대족장'이라는 칭호가 나오게 되어 있었다.

그걸 들은 렌카이 백작과 왕실 기사들은 과연 뭐라고 생각할까?

무조건 마주치지 않는 것이 상책이었다.

다행히 왕실 기사들도 저 아래로 내려가고 싶은 생각은 없는 모양이었다.

어제 술까지 그렇게 퍼마셨는데 추워 죽을 지경이었으니 버티는 것이 곤욕으로 보였다.

"형님, 다 보셨으면 가시죠. 얼어 죽겠습니다."

"듣던 중 반가운 소리일세. 바바리안들이 잠잠하다는 것을 알았으니 더 이상은 볼일이 없지."

렌카이 백작이 옷깃을 여미자, 왕실 기사들의 표정도 밝아졌다.

수련을 쌓은 기사들이라고 무적은 아니다.

정상인보다 좀 더 면역력이 높고 추위에 잘 버틸 뿐.

제론은 렌카이 백작을 먼저 마차에 태웠다.

"레일라 경!"

"네, 영주님!"

가만히 주변을 경계하고 있던 레일라 경이 달려왔다.

제론은 렌카이 백작과 상의했던 일을 시행하기 위해 그녀에게 은밀한 지시를 내렸다.

"데우스 자작을 면밀하게 조사해 그에게 원한을 가진 기사가 있는지 밝혀내도록."

"다크 문을 동원합니까?"

"다크 문뿐만 아니라 대량의 자금을 풀어 자작령의 정보 길드와도 접촉해라. 아마 정보 길드를 통하면 원하는 정보를 곧바로 얻을 수 있을 거야."

"바로 시행하겠습니다!"

레일라 경은 말을 몰아 빠르게 남하했다.

총명한 그녀라면 제론이 무슨 일을 꾸미고 있는지 짐작할 것이다.

제론도 마차로 들어왔다.

난로까지 탑재한 마차였기에 얼었던 몸이 풀렸다.

"춥군, 추워. 자네가 평소에 얼마나 고생하는지 알겠어."

"저는 괜찮습니다. 마법사들은 추위를 잘 안 타거든요."

"마법사는 몸이 약한 것 아니었나?"

"편견이죠."

오히려 마법사들의 몸이 더 튼튼했다.

마력이 쌓이면 면역력도 높아지고 일반인과는 비교할 수 없을 정도로 건강해진다.

연구를 오래 하다 보면 운동과는 담을 쌓아 그런 이미지가 생겼을 뿐이다.

마차는 남쪽으로 내달렸다.

"우리 이제 어디 가나?"

"와인 공장으로 갑니다."

"와인 공장?"

"전에 종종 선물로 드렸던 와인이 이제 대량 생산되고 있거든요."

"호오, 그래? 구경을 가는 건가."

"견학이라고 해 두죠. 형님께 판매권 일부를 드리려 하니까요."

"뭐!?"

렌카이 백작은 깜짝 놀랐다.

뇌물 중에 제일은 단순한 돈이 아니라 지속적으로 이익을 분배받을 수 있는 이권이었다.

제론은 무엇을 선물할까 고심하다가 단순한 뇌물을 주고 끝내는 것은 이치에 맞지 않다고 봤다.

제론이 영지전을 설계할 수 있는 기회를 잡은 것도 렌카이 백작과 하네스 백작 때문이었다.

영지 하나가 통째로 굴러 들어오는 일인데, 그냥 넘어가면 섭섭함이 쌓인다.

 와인을 그냥 주겠다는 것도 아니고 판매권 일부를 주는 것이었으니, 제론에게는 아무런 부담이 없는 일이기도 했다.

 렌카이 백작의 입장에서도 지속적으로 돈을 벌 수 있는 수단이 생기는 것이니 진정한 윈윈 전략이었다.

 영지 남쪽에 위치한 와인 공장.

 지구에서 가져온 품종의 포도를 대량으로 재배하게 되면서 와인 공장은 순조롭게 돌아갔다.

 창고에는 어마어마한 양의 와인이 저장되어 있었다.

 족히 수백 통에 달하는 오크통이 전부 와인이었다.

 지금은 숙성 중이었으나 곧 있으면 출하할 수 있을 것이다.

 "어떻습니까?"

 "감미로운 향기에 취할 것 같군."

 "속은 괜찮으십니까?"

 "아까 해장을 했더니 꽤 괜찮아졌어."

 제론은 유리병에 담겨 포장된 완제품을 그에게 내밀었다.

 "시음해 보시죠."

 "크흠, 그럴까?"

인간은 망각의 동물이다.

렌카이 백작은 아침에 숙취로 고생했다는 것은 이미 잊었는지, 와인을 한 잔 가득 시음(?)했다.

"달달하니 좋군."

"와인의 50%는 저희 상단에서 판매할 생각입니다. 나머지 50% 중에서 반의 지분을 형님께, 그리고 반은 하네스 형님께 드리려고 합니다."

"험험, 나는 상단이 없는데?"

"하네스 형님께 맡기면 되죠. 거기서 나오는 수익 중 일부 수수료를 제하고 형님께서 받으면 됩니다. 지분이란 그런 것이니까요."

"고맙네, 아우님! 이거 너무 큰 선물을 받는 것 아닌가?"

"아닙니다. 형님들이 해 주신 일에 비하면 발끝에도 미치지 못합니다."

"으하하! 내가 동생 하나는 정말 잘 두었다니까!"

오고 가는 뇌물 속에 피어나는 신뢰.

아주 바람직한 관계였다.


다음 날 아침.

제론은 해가 뜨자마자 가르시아 경으로부터 급보를 전해 받았다.

"영주님! 곧 하네스 백작님께서 오신다고 합니다!"

"뭐? 지금?"

"30분 후에 도착 예정이라더군요."

"그 양반 성격하고는."

제론은 혀를 한 번 차고는 미소를 지었다.

하네스 백작은 상재에 밝은 인물이었다.

렌카이 백작이야 단순히 지속적인 이익을 가져다줄 것이라 여기고 말았지만, 무역의 중요성을 알고 있는 하네스는 달랐다.

그는 페로우산 와인이 어느 정도의 파급력을 가지고 있는지를 잘 알고 있었다.

국제 상인들이 아튼 왕국에서 수입을 할 때 제1의 상품으로 고려하는 것이 바로 페로우산 와인일 정도로 인기가 높았다.

그 판매권의 일부를 받는다는 것은 상당한 이권이었다.

제론이 판매권의 50%를 렌카이와 하네스에게 각각 25%씩 주기로 했으니, 엉덩이가 들썩거려 참을 수가 없었던 것이다.

연락을 받은 하네스 백작은 밤새 달려 곧 페로우 영지에 도착했다.

"그럼 나가 봐야지."

"렌카이 백작님을 깨울까요?"

"일어났으면 같이 가고, 아니면 말고."

"바로 알아보겠습니다."

제론은 손님 맞을 준비를 했다.

영지전을 위한 공작이 진행되고 있는 지금, 도움을 준 당사자인 하네스 백작이 와 주면 제론에게도 나쁠 것이 없다.

오히려 직접 만나면 더 큰 도움을 받을 가능성이 높았다.

뇌물이란 이렇게 연쇄 작용을 일으킨다.

하네스 백작이 해 준 일에 비해 제론이 준 선물이 컸기에, 우수리가 남아 또 다른 도움을 주려하는 것이다.

제론이 받은 도움에서 우수리가 남으면 또 다른 뇌물이 들어가게 될 것이니, 관계의 발전이란 이런 식으로 돌아가게 된다.

"어? 영주님, 어디 나가세요?"

밖으로 나가는 길에 바이올렛과 마주했다.

그녀의 손에는 간단한 아침 식사가 준비되어 있었다.

"하네스 백작이 온다고 하거든."

"지금이요?"

"그래, 지금."

"와, 그분은 성격도 급하네요. 이제 해가 뜨는데 벌써부터 온 거라면 밤새 달리셨다는 뜻인데."

"식사를 할 테니 한정식을 준비해."

"네! 바로 지시할게요."

하네스 백작은 밤잠을 설쳐 가며 달려왔을 것이니 배가

꽤 고플 시간이었다.

식사를 하면 필연적으로 술이 들어가게 될 테지만.

"늙은이들 건강이야 내가 신경 쓸 바는 아니지."


페로우 본성 성벽 앞.

멀리서 하네스 가문의 깃발이 펄럭거렸다.

초겨울에 접어들면서 아침 무렵에는 뼈가 시릴 정도로 추웠다.

렌카이 백작은 하네스 백작 가문의 병력을 보며 혀를 찼다.

"쯧쯧, 아무리 급해도 그렇지. 이렇게 이른 아침에 사람을 마중 나오게 만드나."

"형님은 그냥 계시지 그랬습니까?"

"미우나 고우나 친구 놈이 온다는데, 가만히 있을 수 있나."

렌카이 백작과 하네스 백작은 아카데미 동기였다.

나름 친분이 깊었으며 정치 공작을 할 때마다 함께 모의하기도 했다.

렌카이는 툴툴거리면서도 하네스 백작과 마주하자 꽤 기뻐했다.

"이놈아! 뭐가 그리 급하다고 아침 댓바람부터 사람을 괴롭히는 것이냐?"

"허허, 네놈은 뭐가 그렇게 불만이 많느냐? 귀찮으면 그냥 처박혀 있을 것이지."

"뭐, 이놈아?"

"왜 이놈아!"

"……."

'찐친이 맞네.'

제론이 그들의 모습에 웃으며 끼어들었다.

"아이고, 형님들! 진한 우정이 아주 보기 좋습니다."

"엉? 그건 무슨 말인가?"

"내가 이놈과?"

"자자, 다들 시장하실 텐데 들어가시죠. 굴비를 구워 놓으라고 지시했습니다."

"굴비?"

"소주도 준비했죠. 간단하게 반주는 하셔야죠?"

"크흠, 굳이 그럴 필요는 없는데."

"하하하! 소제의 영지에 방문하셨는데 식사는 하셔야죠. 그것도 못 하면 제가 욕먹습니다."

"아우님이 그렇게 준비를 했다면 형 되는 사람으로 그냥 지나칠 수는 없지."

"그냥 배고프다고 해라. 형이 어쩌고저쩌고."

"뭐야?"

"자자, 가시지요."

제론은 렌카이 백작과 하네스 백작의 팔을 잡아끌었다.

그들은 영지를 통과해 영주성에 이르렀다.

두 백작은 아침 식사에 대한 기대 때문에 고이는 침을 계속 삼키고 있었다.

영주성 식당에 도착하자, 늙은 백작들은 언제 욕을 주고받았냐는 듯 술잔을 기울였다.

"내게 지분을 맡긴다고?"

"정확하게는 수수료를 내고 자네가 알아서 좀 해 주라는 거지. 설마 떼먹지는 않을 것 아니냐?"

"허허, 이 자식이 날 뭐로 보고."

"아님 마는 거지. 찔리냐?"

"에잉, 내가 말을 말아야지."

"형님들, 좋은 날인데 한잔씩 받으시죠."

제론은 술잔을 채우고 계약서를 내밀었다.

두 백작은 계약서를 보자마자 긴장했다.

이건 귀족들의 자연스런 반응이었다.

계약 한번 잘못하면 패가망신한다.

다들 그걸 알고 있기에 계약서라는 자체에 매우 민감했다.

다행히 계약서의 내용은 별것 없었다.

페로우산 와인 판매권 지분 25% 양도각서.

1. 렌카이 가문의 와인 판매권 지분 25%를 하네스 가문에 양도한다.
  2. 하네스 가문은 그 대가로 매 분기 판매 수익의 10%를 제한 이익금을 렌카이 가문에 지급한다.
  3. 양측 가문은 페로우 가문이 중재한다.

하네스 백작은 간단하게 쓰인 계약서를 보며 안도의 한숨을 내쉬었다.

"수결하시면 끝납니다."

양측 백작은 각서에 수결하는 것으로 계약을 마쳤다.

수수료 10% 정도는 통상적이었으며, 백작들은 각서에 무리가 없다는 사실을 잘 알았다.

제론이 술잔을 들고 외쳤다.

"그럼 세 가문이 뜻 깊은 출발을 하게 되었다는 의미에서 건배하시죠."

"허허허, 그러세."

"그거 좋지."

술이 술술 넘어간다.

렌카이 백작은 어제 술을 그렇게 퍼마시고도, 또 아침부터 독한 안동 소주를 들이켰다.

제론은 이들의 나이를 생각해 절주를 제안했지만, 어디 아툰 왕국인들이 그 말을 들어 먹을까.

이들은 술이라면 환장하는 족속들이었다.

어떻게 보면 한국인과 비슷한 음주 문화를 가지고 있었다.

한 번 마시면 끝장을 본다고 할까.

그래도 술이 들어가니 분위기가 매우 좋아졌다.

"아우님, 이번 건은 자네가 너무 손해가 아닌가 싶네만."

"그건 나도 그렇게 생각해."

하네스 백작과 렌카이 백작은 동시에 그리 말했다.

아무리 각을 재도 우수리가 남는다고 보는 것이다.

그들이 영지전 설계에 도움을 주긴 했지만, 애초에 제론이 습격을 당했기에 할 수 있었던 일이다.

영지전을 체결하고 영토를 빼앗아 오는 과정도 전부 제론이 해야 한다.

어느 하나가 틀어지면 제론이 손해를 볼 수도 있었기에 두 백작의 마음속에 채무가 생겼다고 보는 것은 지극히 정상적인 일이다.

당사자인 제론은 전혀 그리 생각하지 않았지만.

"형님들이 안 계셨다면 언감생심 꿈이나 꿀 수 있었겠습니까? 저는 이렇게까지 섬세하게 정치 공작을 설계하지 못합니다. 아직 정계에 입문한 지 얼마 되지도 않아서요."

"크흠, 이런 일이 있으면 언제라도 도움을 요청하게."

"물론입니다."

두 백작들은 추후 제론에게 도움을 주겠다고 이야기하면서도 마음이 편치 않은 듯했다.

이 막대한 이권을 거저 받아가는 느낌일 것이다.

아무리 친한 관계라도 귀족들은 칼 같은 면이 있었으므로 어떻게든 제론에게 채무를 갚으려 했다.

"이번에 설계된 영지전을 보면 동원된 기사와 병사들의 가족을 대피시키는 것이 가장 큰일이겠군."

"그래야 그들이 자백서를 쓸 테니까요."

"이 우형이 돕겠네."

"형님이요?"

"데우스 자작령은 우형의 영지와 가깝지 않은가."

하네스 백작이 돕겠다고 나섰다.

렌카이 백작도 가만히 있지 않았다.

"나는 자금을 지원하지."

"굳이 그러지 않으셔도……."

"우리 셋이 뭉치면 못 할 일이 무엇이겠나? 이래야 이 우형들의 마음도 편해."

"정 그러시다면야."

제론은 더 이상 제안을 거절하지 않았다.

하네스 백작과 렌카이 백작이 도와주면 일이 더욱 편해진다.

하네스 백작은 말할 것도 없고, 렌카이 백작의 힘도 왕국

구석구석에 미친다.

그는 북부에도 정보 조직을 운영하고 있을 가능성이 높았다.

일반인의 생각보다 대귀족의 힘은 대단했다.

대귀족 셋이 모였으니 자작 하나 담가 버리는 것은 일도 아니다.

중앙 정계 고위층 인사들이 암묵적으로 합의를 하였다면 더더욱.


제론은 아침부터 안동 소주 두 병을 마셨다.

하네스 백작과 렌카이 백작도 마찬가지였다.

40도가 넘는 소주를 두 병씩 마시고 멀쩡한 사람은 별로 없다.

세 사람은 술이 취한 채로 와인 창고로 향했다.

"형님들! 입가심해야지요?"

"으하하! 당연하지. 원래 독한 술을 마시면 약한 술로 속을 달래 줘야 하는 거야."

"옳거니! 자네가 옳은 말을 할 때도 있군?"

"이놈아! 내가 주도를 30년 이상 걸어왔느니라."

"어? 그건 나도 마찬가진데?"

"……."

그들이 비틀거리며 걷자, 그 뒤를 기사들이 따랐다.

창고 앞에 이르자 달콤한 와인 냄새가 주위에 진동했다.

기사들의 눈도 반쯤 돌아갔다.

근무 중이라 술을 마실 수 없는 것이지, 다들 필사적으로 참는 것이 눈에 보였다.

제론은 오크통 하나를 통째로 가져오게 했다.

"가르시아 경!"

"예, 주군!"

"기사들이 불쌍해 보이지 않냐?"

"옙! 불쌍합니다. 이런 귀한 술을 앞에 두고 가만히 보고 있어야 한다는 것이 좀……."

"형님들, 우리 불쌍한 기사들에게 한 잔씩 내리는 것이 어떻습니까?"

"응? 아우님 편할 대로 하게."

"취하지 않을 정도만 마시면 상관없지."

"들었지?"

"감사합니다!"

가르시아는 물론, 호위를 나왔던 모든 기사들이 기뻐했다.

곧바로 술판이 벌어졌다.

이곳은 페로우 영지 내였고, 무장한 병사들이 철통같이 지키고 있었다.

세 명의 백작들은 매우 친한 관계였으므로 술을 한잔 마신다고 문제가 생기는 것은 아니었다.

제론 나름대로 접대를 하겠다는 의미도 있었다.

가르시아 경은 접대의 전문가(?)로 벌써부터 양측 기사들과 시시덕거리며 술을 퍼마셨다.

제론도 마찬가지였다.

그는 아예 술통을 가져다 놓고 바가지로 퍼마셨다.

"하네스 형님, 맛 좀 보시죠."

"크으! 역시 페로우산 와인일세."

"잘 팔리겠습니까?"

"이를 말인가? 가뜩이나 국제 상인들이 난리야. 페로우산 와인을 좀 더 구할 수 없냐고 청탁까지 들어오거든."

"그럼 이참에 부수입도 좀 올리실 수 있겠습니다."

"허허허! 그렇겠지?"

뇌물을 받는 것이 당연시되는 세상이다.

국왕부터 귀족에 이르기까지 뇌물 없이 되는 일은 없다.

그건 상인의 세계에서도 마찬가지였다.

이익을 많이 보기 위해서는 뇌물을 써 많은 물량을 확보해야 한다.

페로우산 제품에는 프리미엄이 붙어 있어 어떻게든 구하기만 하면 해외로 가져갔을 때 막대한 이익을 취할 수 있었다.

그러니 뇌물을 써도 남는다고 여겨, 국제 상인들이 경쟁

적으로 돈을 썼다.

제론도 국제 상인들이 찔러 주는 뒷돈을 많이 챙겼다.

결국 그 자금도 공사 자금으로 들어가긴 했지만, 없는 것보다는 낫다는 사실을 부정할 수 없다.

하네스 백작은 페로우 영지에 와인 공장이 가동되기 시작하면서 더 많은 이익을 볼 수 있다고 여겼다.

그러니 더욱 제론에게 채무가 있다고 여기는 것이다.

"아우님, 오늘 밤에 당장 시행하세."

"오늘이요?"

"렌카이 이 친구도 기껏해야 5일 정도 더 머물 수 있다지 않았나. 그 안에 모든 준비를 끝내는 거야."

하네스 백작의 말에 렌카이 백작도 고개를 끄덕였다.

확실히 백작 세 명이 모이니 일 처리가 매우 빨랐다.

아툰 왕국 북서부에 위치한 변방 영지 데우스 자작령.

데우스 자작령은 사방이 페로우 영지에 둘러싸여 있었다.

이 때문에 데우스 자작령 백성들이 가지고 있는 고충은 너무나 컸다.

페로우 영지에는 유민조차 열심히 일하면 충분히 자가를 소유할 수 있었지만, 이곳 백성들에게는 꿈도 희망도 없었다.

통상적인 세금인 50~60%를 넘어 70%에 이르는 살인적인 세율과 각종 명목으로 부과되는 기타 세금, 얼마 전 거두었던 전쟁 특별세까지.

올해는 작황도 좋지 않았기에 굶어 죽는 자들이 거리에 넘쳐났다.

이 무능한 영주는 도박과 사치, 향락에 빠져 백성을 노예로 만들어 파는 짓도 서슴지 않았다.

작년에 거둔 전쟁 특별세는 배상금을 받으면 돌려주기로 했었으나 그 약속도 지켜지지 않았다.

승리 수당은 고스란히 영주의 도박 자금으로 들어갔다.

영주가 특별한 공을 세우지 못했기에 배상금은 받지 못하였으며, 백성들에게 돌아간 혜택은 하나도 없었다.

그에 비해 옆 영지인 페로우 백작령에서는 공공 근로의 임금 수준을 높이고 세율을 37%까지 낮추면서 더욱 격차가 벌어졌다.

어디를 가나 백성들의 원성이 자자했다.

그건 기사들도 별반 다르지 않았다.

"하……. 빌어먹을 이번 달 녹봉도 쥐꼬리야. 이래서야 우리 식구들을 건사할 수 있을지 모르겠어."

"그래도 우린 나은 편이지. 병사들은 임금 체불 때문에 몰래 페로우 영지로 넘어가 일을 한다고 하더군."

"그게 가능한가?"

"상부에서도 알면서 쉬쉬하는 거지. 그렇게라도 하지 않으면 병력을 유지할 수 없거든."

"빌어먹을 시국이로군."

기사들은 싸구려 럼주를 마시며 신세 한탄을 해 댔다.

데우스 자작령의 상권은 망하기 직전이었다.

한창 술집이 차 있어야 할 시간임에도 사람이 없었다.

여행자들이나 용병들이 간간이 보일 뿐, 정작 주 수입원이 되어야 할 백성들의 모습은 보이지 않았다.

그만큼이나 삶이 팍팍하다는 의미였다.

술집 구석.

미친 듯이 술을 푸고 있는 남자가 있었다.

워낙에 우울한 감정으로 술을 마시고 있는지라, 그의 동료 기사들도 가까이 가지 못할 지경이었다.

"발런 녀석은 어찌 되었다든가?"

"말도 말게. 녀석은 이번에도 녹봉 지급에서 밀려났어. 그뿐인가? 영주님의 첩으로 들어간 여동생이 노예로 팔렸다던데."

"뭐라고? 그게 정말인가?"

"영주님이 국제 상인들과 도박판을 벌였다는데, 돈이 부족해 해방 노예 출신 첩 하나를 다시 노예로 만들어 보냈다고 해. 들어 보니 그 첩이 발런의 여동생이더라고."

"아니, 어찌 그런!"

웅성웅성.

동료 기사들은 안타깝다는 눈으로 발런을 쳐다봤다.

기사 발런.

평민 출신으로 기사의 직위까지 올라갔으며, 1년 전에는 배다른 여동생이 영주의 첩으로 들어가며 전성기를 달렸다.

하지만 첩으로 보낸 여동생이 도박 빚에 팔려 나가면서 영주에게 어마어마한 배신감을 느끼고 있었다.

'데우스 이 개잡놈의 새끼!'

발런은 자괴감에 몸을 떨었다.

처음 그가 기사가 되었을 때에도 미색이 뛰어난 여동생 때문이라는 것을 알았다.

평민 출신 병사가 기사로 발탁된다는 것은 웬만해서는 힘든 일이다.

자신의 출세가 하나밖에 없는 피붙이 때문이라는 것은 알았지만, 그는 애써 외면했다.

여동생이 영주의 첩으로 들어갈 때도 마찬가지였다.

오히려 영주와 친인척 관계가 되었으니, 더 높은 자리에 올라갈 수도 있을 거라고 여겼다.

하지만 세상은 그리 만만한 곳이 아니었다.

그의 여동생은 해방 노예 출신의 첩에게서 난 배다른 동생이었기에 신분이 상승하지 않았다.

그걸 처음부터 알고 있었던 영주는 첩으로 들인 여동생을 하대하였으며, 결국에는 노예로까지 팔아 치운 것이다.
 발런이 영주에게 따지러 갔을 때, 자작은 매우 진노하여 외쳤다.

 [네놈도 알고 있었을 텐데? 어찌하여 평민 출신의 병사를 기사로 올렸는지 말이야. 애초에 네놈이 그 자리에 올라간 이유도 그 때문이었다. 죽기 싫으면 썩 꺼져라.]

 그 자리에서 발런이 할 수 있는 일은 없었다.
 기사의 가족은 준귀족 취급을 받지만, 해방 노예의 배 속에서 나온 여동생은 그런 자격이 되지 않는다.
 속에 천불이 난 발런은 그저 싸구려 럼주를 들이켜야만 했다.
 '내 언젠가는 반드시 죽인다!'
 발런은 독하게 결심했다.
 복수를 할 수 있는 기회가 온다면 그 기회를 잡기로.
 자신의 목숨이 날아가는 한이 있더라도 복수를 완성하기로 말이다.
 쿵!
 한참이나 술을 퍼마시던 발런은 그대로 기절해 버렸다.

얼마나 시간이 흘렀을까.

발런이 깨어났을 때에는 야밤이었다.

한기가 스며들고 있는 어느 창고.

그의 몸은 꽁꽁 묶여 있었다.

"으으으, 우읍!"

얼마나 술을 퍼마셨는지 바닥에 럼주를 쏟아 냈다.

안주도 없이 술을 마셨기에 쓴물만 나왔다.

"정신이 드나."

"여긴……?"

"페로우 영지의 외곽 창고다."

"너는 누구고?"

"나? 가르시아라고 한다만."

"……!"

페로우 영지의 호색한 가르시아.

데우스 영지 기사들 사이에서도 가르시아의 명성(?)은 자자했다.

그래도 나름 대전쟁에서 공도 세웠고, 실력은 뛰어나기로 정평이 나 있었다.

여자 좋아하는 가르시아가 발런을 납치했다.

자연스럽게 여동생 샤렐에게로 생각이 이어질 수밖에 없었다.

"샤렐을 연모했었나."

"뭐래? 내가 타지 영주의 첩까지 탐할 정도로 바닥인 줄 아나?"

"그럼 아니었나?"

"하……. 복수의 기회를 주려 했더니 너는 도저히 안 되겠다."

"복수의 기회……!?"

"100%의 확률로 그 빌어먹을 데우스 자작을 죽일 수 있는 기회다. 그뿐이랴. 네 여동생을 구하고 네놈 역시 페로우 영지의 기사가 될 수 있겠지."

"뭐라고!?"

발런의 몸이 떨렸다.

노예로 팔려 간 가족을 구하는 것은 물론이고, 페로우 영지의 기사가 될 수 있다?

가르시아는 복수까지 완성시켜 준다고 했다.

눈앞의 남자는 정체불명이 아니다.

페로우 백작이 신뢰하는 기사였으며, 백작령에서는 가신의 직위를 가지고 있었다.

그는 곧 작위를 받고 봉신 계약을 하게 될 것이다.

그런 남자가 거짓말을 할 이유는 어디에도 없다.

"……계획이 뭔가?"

"일단 네 의중을 들어야겠지. 기회를 주면 복수할 생각이 있긴 하냐?"

"지금 심정으로는 악마에게 영혼이라도 팔 수 있을 지경이다!"

"그건 좀 위험한데? 이단을 기사로 받아들일 수는 없으니까."

가르시아 경이 씩 웃었다.

발런은 입술을 깨물고는 말을 이었다.

"뭐든 하겠다."

"그럼 기밀 서약에 사인해라. 기밀을 어기면 어떻게 되는지는 알고 있으리라 믿는다."

당연한 일이다.

이런 위험천만한 일을 하려는데 기밀이 지켜지지 않으면 페로우 백작이 어떤 식으로 나올지는 뻔했다.

여동생의 목숨은 물론이고, 어떤 방식을 써서든 발런의 명예를 짓밟아 버릴 것이다.

발런은 기밀 서약에 사인했다.

사인이 끝나자 가르시아 경은 그의 포박을 풀고 어깨를 두드렸다.

"현명한 판단이야, 친구. 말이야 바른 말이지 데우스 자작은 인간도 아니었어. 그런 간악한 역적이 페로우 영지 가운데에 박혀 있으니, 선량한 우리 영지민들도 피해를 본다 이거지. 도저히 데우스 자작의 패악질을 이기지 못한 우리 영주님께서 검을 드셨네."

"계획이 뭔가?"

"계획은 간단해."

가르시아 경은 차분하게 계획을 설명해 나갔다.

도박 빚과 사치를 이기지 못한 데우스 자작은 페로우 백작이 직접 금괴를 운반한다는 첩보를 받고 도적으로 위장한 병력을 보낸다.

작전의 책임자로는 언제 죽여도 아깝지 않을 발런이 발탁되었으며, 데우스 자작은 작전에 실패하면 자결하라고 명령을 내렸다.

그리하지 않으면 발런의 여동생을 죽이겠다는 협박과 함께.

동원되는 병사들은 단순히 도적을 급하게 토벌한다는 것으로만 알고 있었다.

급하게 출병하던 발런은 더 이상 악적에게 휘둘릴 수가 없어, 페로우 백작에게 찾아가 도움을 요청했다는 내용이었다.

"……금괴 운반을 하는 장소에는 렌카이 백작님과 하네스 백작님도 계실 것이네."

"뭐라고!?"

"하네스 영지에서 결제 대금으로 금괴를 옮기던 중이라는 시나리오지. 렌카이 백작님은 페로우 영지에 대한 영지 시찰을 마치고 하네스 백작님의 영지로 놀러 갔다가 다시 페로우 영지로 돌아오는 중이었고."

"구, 굳이 대귀족 둘을 끼워 넣는 이유가……."

"그래야 일이 수월하니까."

"허어."

발런은 이번 작전이 얼마나 치밀하게 짜였는지 이해했다.

무려 세 명의 대귀족이 관련된 사건이었다.

이런 식으로 작전을 짜면 결코 데우스 자작은 빠져나가지 못한다.

"설마 상부와도 이야기가 된 일인가?"

"그건 모르지. 나야 명령을 따를 뿐. 하지만 상부의 암묵적인 동의 없이 작전이 가능했을까? 무려 자작령을 치워 버리는 일인데."

발런은 기사였지만 정치와 완전히 무관한 사람은 아니었다.

그 역시 대충은 귀족의 세계가 어떻게 돌아가는지 알았다.

페로우 백작은 세 번이나 습격을 받은 전례가 있었다. 왕국 고위층은 이번 사건을 데우스 자작에게 덮어씌우려는 것이 틀림없었다.

그야말로 완벽한 덫이었다.

발런은 복수를 위해 결심했다.

"하겠다."

"하겠다? 나는 이제 네 녀석의 상관이 될 사람인데? 시작부터 군 생활 꼬이고 싶냐?"

"하, 하겠습니다!"

"좋아. 네가 구체적으로 어떻게 해야 하는지 알려 주지."

발런은 가르시아 경이 말하는 내용을 하나도 빼놓지 않고 암기했다.

원래부터 똑똑했던 발런은 한 번 경청하는 것만으로도 작전을 완벽하게 숙지했다.

워낙 복수심에 불타고 있던 터라 초인적인 기억력으로 작전을 숙지한 것인지도 몰랐다.

작전을 모두 암기한 발런은 살짝 암울한 표정을 지었다.

"제 여동생과 이번 작전에 관련된 병사들의 가족은……."

"그건 걱정 말도록. 네가 출병하는 즉시 우리가 빼돌릴 것이다."

"100명에 달하는 병사 가족 전부를 말입니까?"

"당연하지."

발런은 과연 그게 가능할까 싶다가도 이번 작전에 누가 연관되어 있는지를 상기했다.

대귀족 셋이 계획한 작전이었다.

그들이 부리는 사람은 도대체 얼마나 많을 것인가.

페로우 백작과 렌카이 백작, 하네스 백작은 정계에서도 친분이 깊기로 유명한 사람들이었다.

이 세 명이 연계하였으니 실패할 가능성은 전혀 없을 것이다.

"목숨을 바쳐 임무를 수행하겠습니다."

"좋아. 그럼 모든 일을 끝내고 내일 영지에서 보자고."

발런은 자리를 털고 일어났다.

밖으로 나오자 웬 용병 차림의 사람들이 대기하고 있었다.

"저희가 영지까지 안전하게 모시겠습니다."

"……고맙군."

"타시죠."

발런은 마차에 탄 채로 이동했다.

창문을 열자 찬 바람이 쏟아져 들어왔다.

피부에 찬 기운이 돌면서 술이 확 깨는 느낌이 들었다.

지금까지 있었던 일들이 마치 꿈처럼 느껴졌다.

그는 손바닥으로 자신의 뺨을 후려쳤다.

짜악!

"큭!"

꿈은 아니다.

인생에 다시없을 기회가 온 것이다.

복수를 완성하는 것은 물론 인간답게 살아갈 수 있는 기회 말이다.

"데우스 자작……. 네놈은 주군도 아니다. 그 어떤 주군도 기사의 가족을 노예로 팔아먹지 않아."


제론은 하네스 백작과 렌카이 백작을 데리고 페로우역으로 향했다.

폐쇄적인 전략을 사용하려 한다면 기관차의 존재는 숨기는 편이 낫다.

하지만 아무리 노력해도 철도는 숨길 수 있는 것이 아니었다.

누구라도 거대한 철마가 달리는 모습을 보면 소문을 내고 싶어 안달할 것이다.

국제 상인들이 그랬고, 병사들이 그러했으며, 영지민도 마찬가지였다.

페로우 영지에 마법을 사용해 이동하는 괴물 같은 운송 수단이 있다면, 소문이 나는 것은 순식간의 일이다.

괜히 숨겨서 문제를 만드는 것보다는 적극적으로 홍보해 왕국 전역에 철로를 까는 것이 이익이었다.

제론은 독립 전쟁을 할 예정이었다.

이후에는 아툰 왕국을 쳐서 흡수하게 될 것이었으니, 미리 인프라를 깔아 놓으면 나쁠 것이 없다.

페로우역에는 하루에도 몇 번이나 철광석이 운반되었다.

그건 지금도 마찬가지였다.

"허, 지금 내가 뭘 보고 있는 거지?"

"이게 정말 자네 영지에서 개발된 물건이 맞나?"

"맞습니다, 형님들."

"도대체 원리가 무엇인가?"

"마법이라고밖에 말씀을 못 드리겠습니다."

"하긴, 자네는 현자급에 이른 마법사지."

다른 사람이 개발했다고 하면 믿지 않았을 것이다.

제론은 공식적인 현자급 마법사였으며, 마탑주와 비슷한 실력을 갖추었기에 이런 괴물을 만드는 것도 가능하다고 봤다.

실력을 갖추었기에 그냥 넘어갈 수 있는 것이다.

렌카이 백작은 철마를 군사적으로 이용하면 좋을 것이라고 생각했지만, 상재가 뛰어난 하네스 백작은 달랐다.

"물류비가 어마어마하게 절감되겠구먼."

"물론입니다. 덩치가 크고 무거워 몬스터나 도적들은 감히 접근조차 어렵지요. 그게 걱정된다면 철마를 무장시키면 됩니다."

일명 무장 열차를 말하는 것이다.

치안이 극도로 불안한 시국에는 마땅히 기관차를 무장할 수 있다.

기관총 몇 정이라도 달아 주면 감히 기관차를 털 생각은 하지 못한다.

철도의 쓰임새는 무궁무진했다.

백작들이 눈을 빛내는 것도 당연한 일이었다.

"이걸 우리 영지에서도 사용할 수 있겠나?"

"충분히 가능합니다."

"판매할 계획이 있다는 소리로 들리는군?"

"아툰 왕국이 고르게 발전할 수 있다면 당연히 판매해야지요. 물류라는 것은 결국 전국이 연결되어야 시너지를 발휘하는 법이니까요. 제가 꽁꽁 숨기고 있다고 이익을 취할 수 있는 일은 아니지요."

"하긴, 그건 그래."

하네스 백작은 단번에 제론의 의도를 간파했다.

물류의 이동이 많은 영지들을 연결하면 그 시너지는 엄청날 것이다.

페로우 영지와 하네스 영지도 마찬가지였다.

연간 물류량이 상당하였으므로 그 시너지는 말도 못하게 올라간다.

렌카이 백작의 견해는 좀 다른 듯했지만.

"영주들이 반길지 의문인데."

"왜 그리 생각하나?"

"생각해 보게. 이 시대의 영주들은 물자의 이동이 상대방의 배를 불려 주는 수단이라고 생각하지. 그런 인식이 바뀌지 않는 이상 철마의 인기가 높지는 않을 거야."

"몇몇 영주들은 다르게 생각하겠지."

"그렇다고 몇몇 영지를 연결하기 위해 천문학적인 자금을 쓰겠나? 불가능하지."

"흠, 그도 그렇군."

제론은 이 때문에라도 적극적으로 철도를 홍보하기로 했다.

불순한 의도를 가진 것이 아니라고 어필함과 동시에 추후 인프라를 흡수하기 위해 철도를 홍보하여 깔도록 한다.

굳이 전국 모든 영지를 촘촘하게 이을 필요는 없었다.

주요 영지만 연결해도 큰 도움이 된다.

렌카이 백작은 거대한 철마에 직접 탑승해 보면서 더욱 철도 사업이 부진할 것이라고 예상했다.

"이걸 움직이려면 어마어마한 양의 강철이 들어갈 것이네. 웬만한 영지는 철도를 깔다가 파산할 거야. 철마 자체도 비싸지 않겠나?"

"천문학적인 비용이 들어가지요."

"그게 문제야."

제론은 렌카이 백작의 생각을 들으며 새삼 이 시대 영주들이 얼마나 폐쇄적으로 생각하는지 깨달았다.

그나마 하네스 백작과 이야기가 잘 통하는 것은 그가 상계에 오랜 시간 발을 담아 왔기 때문이다.

일반적인 영주들은 인프라를 까는 비용만 들어도 까무러치고 말 것이다.

"철도 부설 비용의 일부를 지원한다고 해도 다들 사양할 걸."

"거참, 쉬운 일이 없군요."

"자네가 급진적인 거야. 엄청난 노동력이 돌고 있으니 철도를 만든 거겠지만, 이게 어디 개인이 할 수 있는 일인가."

"왕국 차원에서 추진할 일은 없겠습니까?"

"비용만 들어도 까무러칠 걸세."

안타까운 일이다.

그러는 한편으로 제론은 다행이란 생각이 들었다.

'내가 너무 지구인처럼 생각했어. 이 시대 영주들은 철도가 돈 먹는 하마처럼 보이겠지. 우리야 용광로에서 쇳물을 뽑아내니 이렇게 철도를 깔 수 있는 것이고. 수작업으로 철도를 깔려면 그 즉시 포기할 거야.'

제론은 입맛을 다셨다.

이 진귀한 물건을 선보이게 되면 너도 나도 달려들어 철도를 깔 것이라고 생각했지만, 큰 오산이었다.

오히려 홍보를 할수록 철도에 대한 관심은 멀어지게 될 것이다.

"그럼 도로는 어떻습니까?"

"도로?"

"자동차라는 물건을 개발했습니다. 마차보다 빠르고 편하게 달릴 수 있죠. 다만 노면이 고르게 깔려 있어야 해서 수준 높은 도로가 요구됩니다."

"그것도 쉽지 않아 보이네."

"돈이 많이 들어서요?"

"당연하지. 자네 영지처럼 도로를 깔려다간 파산할 거네. 자네야 국제 무역을 통해 어마어마한 돈을 벌어들이고 있으니 가능한 일이었을지 모르겠지만, 대부분의 영주는 자네처럼 부유하지 않아."

렌카이 백작의 말에 제론은 많은 것을 깨달았다.

이 시대에 운송 수단을 발전시키려면 많은 장애물이 존재한다는 사실을 말이다.

결론적으로 말하자면 돈 때문에 그렇다.

가뜩이나 무역에 대한 인식이 좋지도 않은데, 그걸 장려하겠다고 천문학적인 비용을 지출할 영주가 얼마나 될까?

기껏해야 하네스 백작을 비롯한 몇몇 영주에 그칠 것이다.

또한 그런 몇 개의 영지를 연결하겠다고 돈을 들이붓는 영지도 많지 않았다.

"물론 가능성이 큰 사업인 것은 확실해."

"렌카이 형님의 영지에 들일 생각은 없으십니까?"

"은퇴할 날이 머지않았는데 가난에 치여 죽고 싶지는 않군."

"하네스 형님은요?"

"검토를 좀 해 봐야겠는데."

"그렇군요."

제론은 침울한 표정을 지었다.

잘된 일이라고 해야 할지, 말아야 할지 감이 잡히지 않았던 것이다.

아툰 왕국에서 제론을 의심하지 않는다는 것은 긍정적인 측면이었지만, 알아서 인프라를 깔게 한다는 계획은 백지화해야 할 것 같았다.

제론은 좋게 생각하기로 했다.

'하긴, 철도가 다니게 되면 다들 어마어마한 발전을 이룩하게 될 거야. 아툰 왕국 전체와 전쟁을 해야 한다고 보면 좋은 일은 아니지.'

그들이 대화를 나누는 동안에도 철마는 엄청난 속도로 달렸다.

시속 100km를 유지하자 광산까지는 20분밖에 걸리지 않았다.

하네스 백작은 광산에 내려 엄청난 속도로 철광석을 싣는 모습에 혀를 내둘렀다.

"이 철광산이야말로 철도를 깔 수 있게 하는 원천이었

군."

"마법이 아니었다면 불가능했죠."

"역시 영지에 마법사가 있으면 편리하긴 해."

"뭘. 현자급 마법사가 아니면 돈만 잡아먹는 하마지."

"그런가?"

결국 모든 일은 흐지부지되었다.

언젠가 수도로 상경하게 되면 대대적으로 홍보는 해 볼 테지만, 크게 기대하지 않는 편이 좋을 것 같다.

잔뜩 화물을 실은 철마는 다시 왔던 길을 거슬러 갔다.

렌카이 백작은 그 모습을 보며 핵심을 짚었다.

"나중에는 상행선과 하행선을 구분해야 할 것 같은데."

"맞습니다."

"철도를 두 개로 나누어야 한다는 건데. 정말 상상을 초월하는 비용이 들어가겠군."

"그 때문에 저도 다른 지역으로의 철도 부설은 망설이고 있습니다."

"그만두는 것이 좋겠군. 아무리 철마로 인한 편리함이 증가한다고 해도 파산하면 큰 문제 아닌가."

"그도 그렇지요."

다른 노선을 고민한다는 말은 거짓이다. 두 백작이 경계할까 봐 사실대로 말할 수가 없었다.

제론은 이미 수많은 노선을 그리고 공사하는 중이었다.

파산 따위는 걱정하지 않았다.

하루에도 어마어마한 양의 쇳물이 뽑혀 나왔고, 노동력도 넘쳐나는데 공사를 하지 않을 이유가 없는 것이다.

렌카이 백작과 하네스 백작의 걱정은 어디까지나 일반론에 근거한 것뿐이다.

'다들 꺼려하면 나라도 해야지.'

대충 한 시간 정도 견학을 마친 그들은 다시 페로우역으로 돌아왔다.

이곳에는 가르시아 경이 대기 중이었다.

"주군! 준비를 끝냈습니다."

"벌써?"

"발런 경이 데우스 자작에게 가지고 있는 원한이 엄청나더군요."

"단숨에 배신을 한다든가."

"하나밖에 없는 혈육을 도박 때문에 노예로 팔아 버렸으니 그럴 만도 하지 않습니까?"

"하긴."

"쯧쯧, 그 인간은 군주의 자격도 없는 놈이야."

백작들은 다 함께 혀를 찼다.

대체 어떤 군주가 기사의 가족을 노예로 팔아 버린다든가?

기사도에 근거하면 절대 있을 수 없는 일이다.

"애초에 발런 경이 기사가 될 수 있었던 것도 여동생 때문이었다고 합니다. 해방 노예가 모친이었으니, 그런 식으로 첩을 노예로 팔아 버리는 것이 가능했던 것이지요."

"발런 경은 데우스 자작을 찢어 죽이고 싶겠군."

"악마에게 영혼이라도 팔 기세였습니다."

"허허허, 그럼 아우님이 한 영혼을 구제한 것이군?"

"말이 또 그렇게 됩니까?"

하네스 백작의 말에 제론은 웃음을 터뜨렸다.

그런 쓰레기를 처단한다고 생각하니 마음의 짐이 좀 덜어졌다.

아무리 제론이라고 해도 일말의 양심은 있었으니까.

제론은 역을 나가면서 가르시아 경의 보고를 계속 들었다.

"뿐만이 아닙니다. 그 인간은 영지민들을 잡아 노예로 팔아 버리기도 했습니다."

"허, 그런 짓을 하는 인간이 또 있었어?"

"도박 때문에 제정신이 아닌 것 같더군요. 세율은 70%가 넘어가고 이런저런 명목으로 세금을 또 뜯는다고 하네요."

"완전 미친놈이군."

"승전에 따른 포상으로 받은 돈도 이미 다 날렸다고 합니다."

"영지가 담보로 잡힌 것은 아니겠지?"

"글쎄요. 거기까진……."

"거참."

제론은 넌덜머리를 냈다.

세상에 쓰레기가 많다지만 이 정도면 라키도도 한 수 접어야 할 판이다.

가혹하게 영지를 수탈해 왔다면 영지민들이 멀쩡하지는 않을 것 같았다.

"굶어 죽는 사람은 없던가?"

"웬걸요? 거리마다 아사자가 속출하고 있습니다. 저대로 두면 대기근이 와서 엄청난 사상자가 날 겁니다."

"전염병은 덤이고?"

"그렇죠."

영지에 죽는 사람이 많이 나오면 필연적으로 전염병이 돈다.

겨울에는 좀 낫겠지만 봄이 되는 순간, 영지는 기능을 상실할 터다.

겨울에 발생한 동사자들 때문에 날이 풀리는 순간 재앙이 벌어질 것이다.

제론이 손을 대지 않았다면 그 피해가 페로우 영지까지 올 뻔했다.

이웃 영지에 전염병이 돌면 주변 영지도 무사하지 못하다.

하네스 백작과 렌카이 백작은 눈살을 찌푸렸다.
"그대로 뒀다가는 큰일 날 뻔했군."
"그러게 말일세."
"결행은 언제인가?"
"오늘 저녁입니다."
가르시아 경의 말에 제론은 두 백작을 바라봤다.
"처단하세. 그런 인간은 왕국 차원에서도 없어지는 편이 나아."
"동감일세."
"그럼 오늘 저녁에 결행하겠습니다."
내일 오전이면 작전이 마무리될 것이다.
데우스 자작령이 지도에서 사라질 날도 머지않았다.

결행일 새벽.

제론은 일찍부터 일어나 계획을 점검했다.

데우스 자작에 대한 원한이 사무쳐 있는 기사를 섭외하여 움직일 준비는 마쳤다.

곧 하네스 백작과 렌카이 백작을 깨워 작전을 시행하게 될 것이다.

문제는 역시 기사 발런의 여동생과 이번 작전에 동원되는 병사들의 가족을 대피시키는 일이다.

제론은 밤새도록 조사에 신경 썼고, 최종 보고만 남겨 두고 있었다.

작전의 책임자로는 레일라 경이 발탁되었다.

여성 지휘관이 나서면 좀 더 세심하게 일 처리가 될 것 같아서다.

실제로 포로나 다름없는 병사들의 가족을 다루게 되면 가르시아보다는 레일라가 낫다.

발런의 여동생이 가장 중요한 인물이었으므로 바람둥이 기사를 내보낼 수는 없었다.

"영주님, 모든 준비가 끝났습니다."

"대피 인원들에 대한 조사도 끝냈나."

"예. 거주지 파악과 동선까지 모두 파악하였습니다. 명령만 내려 주시면 바로 투입할 수 있습니다."

"현장에는 누가 나가 있나?"

"백시아 대장이 다크 문 세력과 하네스 백작님의 정보 조직을 이끌고 있습니다."

"총인원은?"

"백 명이 넘습니다."

"인원이 너무 많은데."

"모두 최정예로 꾸렸습니다. 하네스 백작님께서 보내 주신 정보 조직은 오랜 시간 데우스 자작령에서 활동했었다고 하니, 큰 무리는 없을 거라고 봅니다."

제론은 고개를 끄덕였다.

병사들의 가족을 대피시키다가 잘못되더라도 작전에 크게 문제가 있는 건 아니었다.

그저 완벽을 기하고 싶을 뿐.

"결행하도록."

"예! 저는 지시를 내려놓고 현장으로 이동하여 인솔하겠습니다."

"가능하면 전투는 지양해야 할 것이야."

"명심하겠습니다."

레일라 경이 막중한 임무를 받고 영지를 떠났다.

이제 제론도 움직여야 할 때였다.

직접 두 백작을 깨우기 위해 이동하려는데, 복도에 구부정한 노인들이 걸어오고 있었다.

하네스와 렌카이였다.

"밤새 일하고 피곤하지 않은가?"

"형님들께서 벌써 기침하셨습니까?"

"허허허, 오늘은 중요한 날 아닌가. 대가를 받았으면 일하는 것은 귀족의 당연한 책무라네."

"송구스럽습니다."

"무얼. 식사도 가면서 하세."

"예, 형님."

이 시대 귀족은 특권층이며 온갖 부귀영화를 누리며 살아가지만 대가를 받은 일은 최대한 깔끔하게 처리했다.

친한 관계일수록 부채를 남기지 않으려는 것이다.

제론은 하네스와 렌카이에게 이권을 나누어 주었으며, 그걸 받은 그들은 준 사람보다 더 신경을 썼다.

영주성 앞에 마차와 병력이 대기 중이었다.

이번 작전의 내막은 아는 사람이 적을수록 좋았다.

아군도 마찬가지였다.

그래야만 명분 작업을 하기 편해진다.

호위대는 가르시아 경이 이끌었다.

"영주님! 기사단 한 개 분대와 100명의 호송대가 준비를 마쳤습니다!"

제론은 영주성 앞 계단에서 잠시 병사들을 내려다봤다.

가르시아 경이 어떤 식으로 말을 해 놨는지 다들 준비에 만전을 기했다.

새벽에 갑자기 동원됐음에도 병사들에게서는 불만스런 모습을 찾아보기 힘들었다.

가르시아 경이 특별 수당을 세게 붙인 모양이다.

제론은 우렁찬 목소리로 표면적인 작전에 대해 설명했다.

"제군들! 이 추운 날씨에도 노고를 마다하지 않고 나와 준 것을 고맙게 생각한다. 이번 호송 작전은 대량의 금괴 운반이다. 페로우 상단이 이번 주에 벌어들인 대금이 들어오는 것이니 만큼 호위에 만전을 다하도록 한다. 하네스 백작령의 경계까지는 해당 백작령의 군대가 금괴를 호송할 것이나, 페로우 영지에서는 마땅히 우리가 운반해야 한다. 금괴로 이번 달 공사 대금과 각종 비용으로 지출을 할 예정이니 만전을 기하라."

"예!"

"형님들, 마차에 오르시죠."

"그러세.

제론과 하네스, 렌카이는 특수 제작된 마차에 탔다.

마차는 이미 난로가 가동되고 있어 따듯했다.

바닥에는 열선까지 깔려 있어 추위가 빠르게 가셨다.

"정말 따듯한 마차군. 이번에 새롭게 개조되었다지?"

"안 그래도 형님들께 선물할 마차를 제작하고 있었습니다."

"허허허! 굳이 그리하지 않아도 되는데."

"추운 날에 고생하면 안 되지요."

"그래, 나이를 먹으니 여기저기 쑤시지 않는 곳이 없어. 무릎에 찬 바람이라도 들면 걷기도 힘들거든."

하네스 백작은 괜히 앓는 소리를 냈다.

누구도 신형 마차를 거절하지 않았다.

난로까지 탑재하고 있는 마차는 메가 히트 상품이다.

국내 수요에는 한계가 있었지만, 해외 수요는 아직도 차고 넘쳤다.

귀족이나 돈 많은 상인, 심지어 대형 용병단까지 신형 마차를 주문하고 있는 실정이었다.

워낙 주문이 밀려 당장 주문해도 몇 개월 후에나 받을 수 있었다.

공방에서 마차의 프레임을 기계로 찍어 내고 있음에도 물량이 부족했으니, 얼마나 선풍적인 인기를 누리고 있는지 짐작할 수 있었다.

두두두두!

마차는 거침없이 도심을 달렸다.

컴컴한 어둠이 내렸으나 영지에는 가로등이 잘 설치되어 있어 이동하는데 아무런 제약이 없었다.

본성을 나서서도 마찬가지였다.

매끄럽게 쭉 뻗은 도로 좌우에 가로등이 불을 밝히고 있었으니, 해가 뜨지 않은 새벽에도 빠르게 이동할 수 있었다.

하네스와 렌카이는 굉장한 편의를 자랑하는 도로를 보며 감탄했다.

"도로 포장이 아주 깔끔하게 됐군. 마차에 이렇게까지 진동이 없을 수가 있나."

"유민은 밀려들고 노예까지 대량으로 유입되니 할 수 있었던 일입니다."

"비용이 꽤 들었겠지?"

"물론입니다. 도로는 물 빠짐이 중요한데, 모든 시설을 갖추면 막대한 비용이 깨집니다."

"그렇지. 잘못 건설하면 없느니만 못하지."

도로가 부실하면 비가 많이 내릴 때마다 진창이 된다.

그리되면 차라리 도로가 없는 것이 낫다.

페로우 영지의 도로는 로마 시대의 기술을 참고했다.

최근에는 시멘트 포장까지 하고 있었으니, 마차를 몰고 다니면 그 승차감이 예전과 비교할 수 없을 지경이었다.

제론은 이 위에 자동차가 다니는 광경을 꿈꾸었다.

그런 날이 머지않았다.

이미 지구에서 자동차가 꽤 많이 들어오고 있었으니까.

그때 하네스 백작이 제론에게 조심스럽게 물었다.

"다른 지역은 몰라도 우리 영지와 자네 영지는 도로로 쭉 이어야 하는데 말이야. 어찌 생각하나?"

"그리되면 편하죠."

"자네에게 외주 공사를 맡겨도 되겠나?"

"외주 공사요?"

돈을 줄 테니 도로를 좀 건설해 달라는 뜻이다.

이 시대에도 도로 공사를 하는 기술자가 없는 건 아니었지만, 페로우 영지만큼 도로가 발달된 곳은 존재하지 않았다.

언감생심 시멘트 도로는 꿈도 꾸지 못하는 지경이었다.

사실 시멘트 포장은 제론도 돈이 많이 들어 본성에만 할 수 있는 공사였다.

"할 수는 있지만 지금처럼 가지런한 포장은 불가능합니다."

"도로 전체에 회반죽을 바르는 것 말이지."

"예, 워낙 천문학적인 비용이 깨져서요."

"자네 영지 외곽에 건설된 도로 정도면 충분하네. 그리고 우리 영지 전체에 깔려 하는 것도 아니야. 단순히 자네 영지와 연결을 하려는 거지."

"그런 정도라면 문제없습니다만, 비용이······."

"하하! 비용은 걱정 말게! 도로 건설에 얼마나 많은 자금이 들어가는지는 나도 알고 있거든."

"자재의 일부와 기술자는 제 영지에서 조달하겠지만, 형님께서 많은 도움을 주셔야 합니다. 인부 문제도 그렇고요."

"이를 말인가?"

"이번 일이 끝나면 바로 견적서를 넣겠습니다."

"허허허! 고맙군!"

"이햐, 부럽군. 영지에 도로를 깐다니."

제론과 하네스의 대화를 듣고 있던 렌카이 백작은 그저 감탄을 연발할 뿐이었다.

영지 본성을 나오자 조금의 덜컹거림은 생겼다.

아무리 돌판을 잘 깐다고 해도 통시멘트 포장에 비할 수는 없었다.

그래도 이만하면 준수하다.

마차의 기술력과 최대한 신경 써서 공사한 도로의 상태

때문에 예전에 비하면 구름 위를 떠다니는 느낌이었다.

이들이 이런저런 대화를 나누는 동안 마차는 최대 속도로 영지를 주파했다.

데우스 자작령이 내려다보이는 언덕.

백시아는 짙은 어둠에 휩싸여 있는 영지를 보며 눈살을 찌푸렸다. 맨눈으로는 시야 확보가 어려웠기 때문이다.

성벽에는 경계 병력이 거의 없다시피 했다.

있다고 해도 다들 성벽에 기댄 채 자고 있었으니, 기강이 문란해도 너무 문란했다.

"쯧쯧, 저런 것들도 병사들이라고."

"무보수 봉사이니 당연한 일입니다."

"무보수?"

"영주가 도박에 미쳐 병사들에게 줄 녹봉을 죄다 도박 자금으로 밀어 넣었다던데요."

"정말 미친 인간이네."

"제 말이요."

백시아를 비롯한 지구인 출신 대원들은 도저히 이해하지 못하는 장면이었다.

지구에서 경계를 소홀하게 하면 몰살당할 위험이 높았다.

변이체뿐만이 아니라 약탈자들도 호시탐탐 쉘터의 물자

를 노렸으니까.

카렌 대륙은 지구만큼 심하게 경계 병력을 깔 필요는 없었지만, 그래도 기본이라는 것이 있었다.

백번 양보해도 영주가 녹봉을 지급하지 않는다는 것은 엄청난 실책이다.

돈이 없는 병사들은 언제 칼을 거꾸로 쥐어도 이상하지 않기 때문이다.

그 결과로 성벽은 텅텅 비어 있었다.

"저 넓은 성벽을 열 명도 되지 않는 병사가 지킨다니. 저래서야 군사력이 없다시피 한 지경인데?"

"자작령 전체를 페로우 영지가 둘러싸고 있으니, 아예 경계를 포기한 것 같군요. 몬스터가 많은 땅도 아니니까요."

"답이 없는 인간이네, 이곳의 영주는."

하늘을 보니 점점 더 어두워지고 있었다.

해가 뜨기 직전이 가장 어둡다는 것은 상식이다.

작전은 해가 어슴푸레 뜨는 즉시 실행될 것이다.

특수 작전을 진행하는 대원들이나 이곳 정보원들은 몰라도 일반인은 어둠 속에서 움직일 여건이 되지 않는다.

그 때문에 해가 조금이라도 비칠 때 이동하려는 것이다.

치익.

백시아가 대원들과 혀를 차고 있을 때, 무전이 울렸다.

─백 대장님, 들리십니까?

"네, 레일라 경."

─해가 뜨는 즉시 작전을 시행하세요. 저는 합류 지점에서 기다리고 있겠습니다.

"그러죠."

작전 책임자로부터 명령이 떨어졌다.

사실 이번 작전의 책임자로 백시아를 임명하느냐, 레일라 경을 임명하느냐, 말이 좀 있었다.

백시아는 책임자의 자리를 레일라 경에게 양보했다.

평소에는 어쩔 수 없이 특수 부대를 이끌었지만 가끔은 명령대로 행동하는 것이 편할 때도 있었다.

백시아는 뒤를 돌아봤다.

검은 복면을 쓴 자들이 백시아의 명령만 기다리고 있었다.

다크 문과 하네스 백작령에서 보낸 정예 정보원들이었다.

무려 100명이나 되는 인원.

하루아침에 이만한 정보 조직을 움직일 수 있었으니, 제론 페로우나 하네스 백작이나 결코 평범한 귀족은 아니었다.

'저렇게 허술한 경계를 뚫지 못하면 그게 더 이상한 일이지. 도시를 순찰하는 병력도 없다시피 하나.'

언뜻 어려운 작전 같았지만, 기강이 완전히 무너진 영지에서 작전을 펴는 것은 땅 짚고 헤엄치는 수준이었다.

되레 방심을 할까 무서울 지경이었다.

"저 무너져 가는 영지에서 작전의 실패는 용납하지 않는다. 멍청하게 잡히는 일이 발생한다면 자결하도록."

"……."

백시아는 다소 잔인한 명령을 내렸지만, 복면인들은 바닥에 한쪽 무릎을 꿇으며 고개를 숙였다.

"해가 뜨기 직전에 이동해 해가 뜨면 담당 인원을 구출한 후 B지점으로 이동한다."

"존명!"

두근! 두근!

발런의 심장이 뛰었다.

그는 어젯밤 내내 한숨도 자지 못했다.

기사가 영주를 치겠다는 엄청난 계획을 세우고 실행하기 전날, 잠이 오면 그게 더 이상한 일이다.

일이 잘 풀리면 다행이었지만, 작은 문제라도 생기면 어떻게 될까.

발런은 결코 살아남을 수 없을 것이다.

그럼에도 발런이 위험한 작전을 결심한 것은, 작금의 사태를 도저히 두고 볼 수가 없었기 때문이다.

배다른 남매라지만 샤렐은 하나밖에 없는 피붙이였다.

기사의 가족을 노예로 팔아 치운 것은 그 어떤 경우라도 용서받을 수가 없는 일이다.

개인적인 이유가 아니라도 문제였다.

영주의 폭거로 인해 영지민은 고통을 받고 있었으며, 아사자가 속출하고 있는 상황이었다.

병력 유지에 필요한 자금도 지원되지 않았다.

기사들은 어쩔 수 없이 영지에 묶여 있다지만, 병사들은 불만이 많은 상태라 잘못하면 폭동이 일어날 것이다.

모든 면에서 데우스 자작은 그 자리에 있으면 안 된다.

'우리 영지가 페로우 가문에 흡수되면 지상 낙원이 된다.'

지상 낙원이라고 해서 거창한 것이 아니다.

그저 굶어 죽지 않을 정도로 세금이 낮고 일자리가 많으면 됐다.

발런은 페로우 영지에 흡수된 영지들이 어떤 대우를 받고 있는지를 잘 알았다.

소문뿐만이 아니라 국제 상인들을 만나게 되면서, 페로우 영지가 얼마나 눈부시게 발전하고 있는지 확실히 알게 됐다.

넘쳐나는 일자리와 37% 정도로 낮은 세금.

조만간 세율을 더 인하한다는 소문까지 돌았으며, 은행

이라는 기관에서 노동력을 담보로 대출받아 집을 지을 수도 있었다.

그 노동력 대출이라는 상품의 이율은 고작 연 5% 수준이란다.

은행 직원들의 월급을 제하면 사실상 영지의 정착 자금이었다. 그곳에서는 가난한 자들도 열심히 일할 의지만 있다면 자가를 소유할 수 있었다.

마당이 있는 집에서 아이를 키우며 해가 질 때 퇴근해 가족들과 함께 식사할 수 있었다.

일주일에 한 번은 정기 휴일로, 여가를 즐기는 삶도 가능했다.

그야말로 꿈속에서나 나올 법한 이상향이 아닌가.

발런은 이 땅의 백성들도 그 혜택을 누렸으면 했다.

"개인적인 복수 이외에도 대의를 위한 일이다."

발런은 그렇게 다짐하며 갑옷을 갖추어 입었다.

지금쯤이면 영지 전체가 잠들어 있을 시각이었다.

병영 전체의 기강은 해이해졌고, 기사들도 오전 10시는 되어야 출근한다.

자작령이 어떤 식으로 돌아가고 있는지는 발런이 가장 잘 알고 있었다.

똑똑.

창문으로 노크 소리가 들렸다.

창문을 열자 검은 복면을 쓴 자가 들어왔다.

"발런 경, 저희 측은 준비가 끝났습니다."

"백작님께서는?"

"최종 허가가 떨어졌습니다."

"바로 결행하겠다."

더 이상 확인할 사안은 없다.

발런이 빠르게 움직일수록 페로우 백작 측도 빨리 움직일 것이다.

여동생 샤렐의 신병 확보는 물론이고, 이번 작전에 아무것도 모르고 참여하는 병사들의 가족까지 구해서 이동하기로 했다.

세상천지에 이렇게 친절한 영주가 어디 있을까.

혹시 변이라도 당할까 싶어 병사들의 가족까지 구출하는 페로우 백작의 마음 씀씀이가 고맙게 느껴졌다.

발런은 거처를 나섰다.

예상대로 거리는 텅텅 비어 있었다.

순찰을 하는 병사는 존재하지 않았다.

잠깐 순찰하는 시늉은 낼 수 있지만, 녹봉도 주지 않는데 진심일 리가 없다.

해가 뜨는 시간이 되어도 개미 새끼 하나 돌아다니지 않는 것이 영지의 현실이었다.

"이랴!"

발런은 말을 타고 빠르게 외곽 병영으로 이동했다.

외곽 병영의 정원은 원래 200명이다.

하지만 영주가 일하지 않고 도박에만 빠져 살면서 관리가 소홀해졌다.

녹봉도 지급하지 않았으니 정상적인 병사들이라면 병영이 아닌 집에서 잔다.

영주에게 오래전 군량미를 빌린 자들이나 어쩔 수 없이 병영을 지키고 있었다.

"발런 경! 무슨 일이십니까?"

병영 입구에서 꾸벅꾸벅 졸고 있던 병사가 물었다.

그 외에 다른 경비병은 없었다.

이 추운 날씨에 번을 서는 것도 곤욕스런 일이다.

발런이 바로 병영으로 뛰어 들어와 외쳤다.

"모두 집합! 급한 일이다!"

"예? 지금요?"

"바로 집합한다!"

발런의 호령에 병사들이 하나둘 휘적휘적 걸어 나왔다.

다들 어쩔 수 없이 움직인다는 티가 역력했다.

반란이 터지지 않은 것만 해도 다행이라 생각될 정도로 사기가 낮았다.

모두 모이자 얼추 50명 정도는 됐다.

다만 이들을 움직이려면 확실한 명분이 필요했다.

병사들은 돈이 되지 않는 일에 움직일 리가 만무했다.

발런은 사전에 계획된 시나리오를 읊었다.

"영주님의 명령으로 도적을 토벌한다."

"도적이라니요?"

"갑자기 무슨 뚱딴지같은 소리입니까?"

웅성웅성.

병사들은 눈살부터 찌푸렸다.

도적 토벌?

영지군이라면 마땅히 해야 할 일이다.

하지만 녹봉이 체불되다 못해 가족들의 생계가 어려운 마당에 도적 토벌을 나간다는 것은 있을 수 없는 일이다.

당근을 던져 주지 않는 한, 병사들은 결코 움직이지 않을 것이다.

"그 도적놈들이 부유한 상단을 털어 대량의 금괴를 보유하고 있다. 작전에 성공하면 금괴의 10%는 제군들에게 돌아간다."

"……!"

그제야 병사들의 눈빛이 반짝였다.

무려 금괴란다.

병사들은 정확하게 자신들에게 떨어지는 몫이 얼마인지를 알고 싶어 했다.

"적어도 개인당 10골드씩은 돌아갈 터."

"바로 가시죠!"

"나른 놈들이 움직여 빼앗기 전에 처리해야 합니다!"

"도적단의 규모는 어떻게 됩니까?"

"100명 정도야."

병사들은 바로 무장했다.

갑옷이며 무기며 정상적인 것이 없었지만, 그래도 이들은 정규군이었다.

도적 100명 정도는 무리 없이 토벌할 수 있을 것이다.

많은 돈을 벌 수 있다고 하니, 병사들의 행동이 매우 빨라졌다.

이것만 봐도 원래 병사들의 실력은 뛰어났다는 것을 알 수 있었다.

"바로 이동한다!"

"예!"

발런을 필두로 50명의 병사들이 말을 타고 달렸다.

병영에는 100마리의 말이 있어야 했지만, 남아 있는 말은 간신히 50마리를 넘겼다.

그마저도 관리가 제대로 되지 않아 말라 있었지만, 걸어가는 것보다는 나았다.

상태는 좋지 않아도 나름 군마 아니던가.

성문에서 보초를 서던 병사들이 발런을 발견하고는 잠에서 퍼뜩 깨어났다.

"발런 경! 어디 가십니까?"
"영주님의 명을 수행하러 간다. 문 열어라!"
"성문을 열어라!"
누구도 발런과 병사들을 잡지 않았다.
그저 자신들에게 불똥이 튀지 않기만을 바랄 뿐.
발런은 말을 몰고 약속 장소로 달렸다.
영지가 망가진 만큼 여기까지는 손쉬운 일이었다.
'페로우 백작! 당신만 믿소!'

두두두두!
발런이 이끄는 병력은 빠르게 페로우 영지 쪽으로 내달렸다.
병사들은 지금 향하는 곳이 데우스 자작령 북쪽이 아닌 남쪽이라는 것에 살짝 당황한 듯했지만 별다른 이의는 제기하지 않았다.
그러기에 10골드의 유혹이 너무 컸던 탓이다.
발런은 남쪽으로 내달리다 못해 영지의 경계를 넘어 버렸다.
불안에 떨다 못한 오십인장이 발런에게 외쳤다.
"발런 경! 더 내려가면 페로우 백작령과 문제가 생길 수 있습니다!"
"그게 문제인가? 도적놈들이 도주하게 둘 것이냐!"

"그거야."

"물러날 것이라면 지금 가도 된다."

"그럴 수는 없지요."

병사들은 약간의 위험을 감수하기로 했다.

군대가 통보도 없이 타 영지에 침범했다고 해도 그게 도적 때문이라면 충분히 넘어갈 수 있는 문제다.

하지만 남하가 이어질수록 병사들이 조금씩 불안해했다.

도적을 추적한다는 명분이라도 페로우 영지로 이렇게까지 깊숙하게 들어와도 되는 것인지 헷갈렸기 때문이다.

해가 뜬 지 한참이 흐른 시각.

저 멀리 일단의 무리가 보였다.

"도적들이다!"

"와아아! 돌격하라!"

병사들은 그렇게 외치며 달렸지만, 가까이 다가갈수록 뭔가 이상하다는 점을 깨달았다.

도적이라고 했던 마차에 웬 페로우 가문과 하네스 가문, 렌카이 가문의 깃발이 버젓이 걸려 있었기 때문이다.

마차를 호위하는 자들은 데우스 영지군이 걸치고 있는 무장과는 비교도 되지 않을 정도로 깔끔하게 재련된 갑옷을 입고 있었다.

병사 전원이 플레이트 메일을 입고 있는 괴물 집단.

기사들의 갑옷은 푸른빛이 형형한 미스릴 무구를 착용하

고 있었다.

저런 괴물들과 싸워 이길 수 있을 리가 없다.

게다가 저 안에 페로우 백작이 타고 있다면?

현자급 마법사가 등장하면 가히 재앙이었다.

마차는 멈추었고, 그 앞을 기사와 병사들이 막았다.

발런과 병사들은 간신히 진군을 멈추었다.

"비켜라!"

뒤에서 젊은 귀족의 목소리가 들렸다.

상대 진영이 좌우로 갈라지며 화려한 갑옷을 입은 청년이 걸어 나오고 있었다.

갓 소년티를 벗었을까 싶지만 저 사람이 바로 대전쟁의 영웅 페로우 백작이었다.

마탑에서 공인한 현자급 마법사.

데우스 영지군 병사들은 사색이 되었다.

도적을 토벌한다고 달려왔는데, 졸지에 대귀족의 정병과 마주했으니까.

여기까지만 해도 환장할 일이었는데, 제론 페로우의 뒤로 노 백작들이 걸어 나왔다.

"아니, 이게 무슨 일인가? 감히 대귀족 셋이 타고 있는 마차를 습격하려 들어! 데우스 자작이 드디어 미쳤구나!"

웅성웅성.

데우스 자작가의 병사들은 놀라다 못해 주저앉는 사태가

속출했다.

무려 페로우 백작과 하네스 백작, 렌카이 백작의 조합이었다.

특히 렌카이 백작은 종종 칙령관으로 파견되고는 하였으니, 그를 잘못 건드렸다가는 반역죄를 뒤집어쓸 수도 있었다.

렌카이 백작은 자신의 존재감을 아낌없이 드러냈다.

"감히 왕실 기사단과 칙령관을 해하려 들다니! 이게 무슨 짓이냐!"

"와, 왕실 기사라니!"

기사단 전원은 아니고 상대방 측에 왕실 기사 한 명이 박혀 있기는 했다.

그래도 왕실 기사가 맞긴 하다.

명분에 따라서는 삼족이 멸해질 일.

병사들은 도저히 그 기세를 이기지 못하고 무릎을 꿇었다.

발런이 한 발짝 앞으로 나와 머리를 조아렸다.

"데우스 자작령의 기사 발런, 페로우 백작님께 투항합니다!"

"투항? 우리가 적인가? 투항을 하게."

"저희 영주님께서는 하네스 백작가에서 페로우 백작가로 금괴가 결제된다는 정보를 입수하고 저희를 도적으로 위장하여 보냈습니다. 허나 저는 그 뜻에 따를 생각이 없습니다. 데우스 자작은 백성을 가렴주구에 빠뜨렸으며, 제 가족을 노예로 팔아 치우는 등 패악질을 서슴지 않았으니 약자를 보호하라는 기사도 정신에 위배된다고 보았습니다. 대관절 도적질을 시키는 주군이 어디에 있다는 말입니까? 도저히 그 명령에는 따를 수가 없어 투항하였으니, 너그럽게 선처를 부탁드립니다!"

웅성웅성!

소란은 더욱 커졌다.

데우스 자작 측도 그랬지만 페로우 가문 측 병사들도 황당하다는 눈으로 발런을 내려다보고 있었다.

"데우스 자작, 그 작자가 정말 미친 것 아닌가? 감히 백작가의 금괴를 털려고 해?"

"하네스 백작가도 엮여 있으니, 자살 시도를 한 것이나 다름없군."

"그 작자는 도박에 빠졌다니까, 금괴가 이동한다는 정보를 입수하면 그럴 수도 있지."

페로우 가문 측에서는 데우스 자작을 성토하는 목소리를 냈다.

그에 비해 데우스 자작 병사들은 세상이 다 무너진 듯한 표정으로 처분을 기다릴 뿐이었다.

곧 페로우 백작의 목소리가 울려 퍼졌다.

"투항을 받아들이겠다."

모든 사람들의 시선이 제론에게 모였다.

아군은 황당함으로, 적군은 두려움에 젖어 갔다.

제론이 어떤 명령을 내리느냐에 따라서 눈앞에 있는 자들의 운명이 바뀐다.

지금 상황에서 중요한 것은 데우스 자작의 죄(?)를 명확하게 하는 것이었다.

데우스 자작가의 병사들이 확실히 인지할 수 있도록.

"그러니까, 네가 모시는 데우스 자작이 나를 치라고 명령했다?"

"숫자는 얼마 되지 않을 것이니 몰살시키고, 금괴를 가져오라고 했습니다."

"병사들은 그 사실을 알고 있나?"

"몰랐을 겁니다."

"그런데 어찌 움직였나?"

"10골드씩을 지급한다고 하면 동조할 것이라고 했습니다."

웅성웅성!

데우스 자작가 병사들의 눈에 짙은 절망이 감돌았다.

녹봉도 받지 못하고 근무를 서는 것도 억울했는데, 어쩌다 보니 반역죄로까지 엮이게 생겼다.

반역죄가 확정되면 본인은 물론이고, 가족들의 목숨까지 거두어지기에 눈물을 줄줄 흘리는 자들이 부지기수였다.

여기서 덤비는 순간 어떤 일이 생길지는 뻔했다.

그러니 그저 제론의 처분에 모든 것을 맡기는 수밖에 없었다.

"그 녀석은 간도 크군. 나를 죽이겠다니. 그 범위는 하네스 백작님과 렌카이 백작님에게도 적용되는 것인가?"

"렌카이 백작님은 몰라도, 하네스 백작님은 유사시에 제거하라는 명령이었습니다."

"이런 찢어 죽일 놈!"

"감히 누가 누굴 죽여!?"

두 백작은 가면을 쓰고 연기에 몰입했다.

누가 보면 정말 열 받은 사람이라 생각될 정도였다.

'연기가 아주 오스카상 감인데.'

이 시대 귀족들은 하나같이 연기의 달인이었다.

화를 내는 모습은 어디를 뜯어보아도 어색함을 찾을 수가 없었다.

백작들이 진정(?)되자 제론은 추궁을 이어 갔다.

"여기 실린 금괴는 상당한 양이다. 그걸 어찌 처리할 요량이었다더냐?"

"노예 상인을 통해 세탁한다고 했습니다."

"그게 가능할 것 같나?"

"이 이상은 저도 모릅니다."

"흠."

제론은 밋밋한 턱을 쓰다듬었다.

이 짓도 하다 보니 적응이 됐는지 연기가 늘고 있었다.

정치인이 다 됐다는 뜻이다.

한참 고민하는 척하던 제론이 문득 궁금한 게 생겼다는 듯 물었다.

"이번 사건이 기사도에 위배된다는 것은 경도 알 거야. 그럼에도 이런 선택을 할 만큼 상황이 절박했나."

"영지는 병들어 하루에도 수많은 아사자가 나오고 있습니다. 병사들의 녹봉은 밀리고 기사들도 마찬가지지요. 그럼에도 영주라는 자는 도박에서 헤어 나오지 못하고, 모든 자금을 낭비하고 있습니다. 거기까지도 참을 수 있었으나, 제 가족을 노예로 팔아 치운 모습에 환멸을 느꼈습니다."

"저기 있는 병사들도 마찬가지겠지."

"말은 하지 않아도 같은 마음일 겁니다."

데우스 자작가의 병사들은 아무 말도 하지 않았다.

발런의 말에 틀린 점이 하나도 없었으니까.

병사들은 무급으로 일하고 있었다.

그나마 영지가 굴러가고 있는 이유는 자작이 오래전 곡식으로 고리대를 놓았기 때문이다.

갚지 못하면 노예로 팔려 나간다.

병사 본인은 아니더라도 가족들이 팔리기에 어쩔 수 없이 번을 서고 순찰을 돌았다.

그마저도 의욕이 없어 잘 되지는 않았지만.

"알겠다. 통상적인 절차로 압송하겠다. 가까운 주둔지로 이동해 방법을 강구해 보도록 하자."

"감사합니다!"

"경은 마차에 타고, 나머지 병사들은 무장 해제하고 포박하라."

"예!"

제론의 명령은 빠르게 실행되었다.

병사들은 입술을 짓씹으며 제론의 처분을 받아들였다.

그들이 가만히 있는 이유는 평소 제론이 어떤 영주인지 잘 알려져 있었기 때문이다.

그는 아툰 왕국 내에서는 볼 수 없을 정도로 자애로운 영주였으니, 이런 부당한 일에 데우스 자작가의 병사들을 죽여 없애지 않을 것이라는 확신이 있었다.

그게 아니었다면 어떻게든 반항했을 것이다.

'역시 이미지 관리는 중요해.'

막상 제론은 이익을 위해 움직이는 사람이었지만, 소문은 결코 그렇지 않았다.

정의로운 영주가 이번 사건의 전말을 알았으니, 어떻게든 해결해 줄 것이라고 믿었다.

발런은 마차로 들어오기 전에 데우스 영지 병사들에게 한마디를 남겼다.

"너희는 너무 걱정 말아라. 페로우 백작님은 사리를 아시는 분이니, 분명 우리의 억울함을 풀어 주실 거야."

포박이 끝나자 마차는 페로우 영지 최동단 주둔지로 출발했다.

주둔지로 향하는 마차 안.

이곳에는 제론과 하네스, 렌카이가 타고 있었다.

발런 경은 무릎을 꿇은 채 눈을 감고 있을 뿐이었다.

"발런 경."

"예, 영주님."

"예정된 자백서일세."

발런은 자백서를 받아 그대로 내려놓았다.

읽어 볼 필요도 없다는 표정이었다.

"읽지 않나?"

"지금까지 계획된 일이 그대로 쓰여 있을 것이라고 봅니다."

"그렇지?"

"그러니 읽어 볼 필요는 없습니다."

"여동생의 안위만 확인되면 바로 수결하겠나?"

"그래 주신다면 평생토록 은인으로 모시겠습니다."

"지금쯤 구출이 완료되었을 텐데."

제론은 레일라 경에게 무전을 넣어 보았다.

시간으로 보면 지금쯤 구출이 완료되어야 했다.

영지 내부로 침투한 100명의 정보원을 제외하더라도 발런의 여동생을 구매한 노예 상인을 치기 위한 병력도 따로 보냈다.

전부 암흑가 최고의 정보원들이었으며, 다크 문과 하네스 백작의 정보원들이 함께 쳐들어갔다.

습격이었으니 별문제 없이 그쪽도 정리됐을 것이라고 봤다.

"레일라 경?"

-네, 주군!

"상황은 어찌 되고 있나?"

-우선 발런 경의 여동생분은 구출했습니다. 병사들의 가족도 구출하여 이동 중입니다. 그렇지 않아도 보고 드리려 했습니다.

"……!"

발런은 눈을 부릅떴다.

국제 노예 상단을 무너뜨리고 그 안의 노예를 빼 오는 것은 쉬운 임무가 아니었다.

이번 작전을 사전에 들었던 발런조차 불가능한 일일 수도 있다고 여겼다.

하지만 기어코 제론은 해냈다.

'하네스 백작의 도움이 컸다.'

그 도움은 부정할 수 없다.

뇌물로 쌓인 인맥이었지만, 하네스 백작은 최대한 제론에게 협조하는 모습을 보여 주었다.

어느 정도는 제론과의 친분에 진심인 것도 같았고.

하네스 백작 정도면 독립 전쟁을 할 때 같은 편으로 끌어들여도 될 것 같았다.

"바꿔 주도록."

잠시 후, 가는 미성이 들렸다.

-오……라버니?

"샤렐? 괜찮은 것이냐!?"

-죄송해요. 저 때문에 이런 모진 일을.

"그런 말 하지 말거라. 애초에 선택이 잘못됐던 것이지. 내 죄가 크다. 그런 제안을 받아들이는 것이 아니었어."

발런이 말하는 '그런 제안'이란 여동생을 담보로 하여 기사가 된 선택을 말하는 것이었다.

발런은 진심으로 그때의 일을 후회하고 있었다.

가족을 팔아 기사가 되었으나 한시도 편할 날이 없었다.

-그런 말씀 마세요. 면천 노예 주제에 오라버니를 도울 수 있었으니 그걸로 됐어요.

"미안하다. 정말 미안하다."

"허험, 회포는 추후에 나누도록. 경의 여동생도 주둔지에 도착할 것이니."

"가, 감사합니다."

"레일라 경?"

-예, 주군.

"사람들을 안전하게 마르스 요새로 데려오도록."

-최대한 빨리 가겠습니다.

"알겠다."

제론은 교신을 종료했다.

무전을 끊고 보니 발런이 눈물을 줄줄 흘리고 있었다.

노예로 팔려 갔던 여동생을 정말로 구해 왔으니, 감정이 끓어올라 주체할 수 없었던 것이다.

쿵!

발런이 머리를 마차 바닥에 박았다.

그러자 대리석 일부가 깨졌다.

'그거 비싼 건데.'

제론은 속으로 한숨을 내쉬며 근엄한 표정을 지었다.

"백작님! 저는 일평생을 남에게 휘둘리며 살았습니다. 그러면서도 개만도 못한 삶이었지요. 이렇게 자애로운 분을 만나게 된 것은 제 일평생의 행운이라고 생각합니다. 이 못난 기사를 받아 주신다면 평생토록 충성하겠습니다."

"흠."

사실 제론은 오늘 발런을 직접 만나기 전까지 살짝 경계심이 있었다.

하네스 백작의 말대로 한번 배신을 한 사람은 두 번도 배신하게 되어 있었으니까.

하지만 발런은 예외로 두어도 될 것 같았다.

주군을 배신한 명분이 너무나 확실했기 때문이다.

어떤 미친 영주가 자기 휘하의 가족을 노예로 팔아 치운단 말인가?

이는 영주가 먼저 기사도를 어긴 행위였다.

군주에게는 심각할 정도의 결격 사유였으며, 국왕에게 안건이 올라가도 계약을 해지시켜 줄 정도의 중죄였다.

발런 경이 기사단의 일원이 된다고 해도 큰 문제는 없었다.

기사단에서 입지를 어떻게 다져 나갈지는 발런 경이 해결할 일이었지만.

"힘들 수도 있다."

"각오했습니다."

"내가 최대한 막겠지만 편견이 심할 거야."

"저는 오직 주군에 대한 충심을 이어 갈 뿐입니다."

제론은 하네스 백작과 렌카이 백작을 바라봤다.

이 시대에 오랜 시간을 살아온 사람들의 견해를 들어 보는 것도 나쁘지 않다.

"이건 데우스 놈이 잘못했지."

"동감이네."

제론이 발런의 몸을 일으켰다.

"경을 기사단의 일원으로 받아들이겠다."

"충심을 다하겠사옵니다!"

"그 전에 치료부터 하자. 이대로 나가면 사람들이 내가 때렸다고 여길 것 아니냐?"

"죄, 죄송합니다."

제론은 포션을 넘겨 주었다.

발런은 배신자 출신이지만, 이만하면 중급 기사까지는 쓸 수 있을 것 같았다.

그 이후의 진급은 그가 어떻게 행동하느냐에 달렸다.


마차는 마르스 요새로 접어들었다.

페로우 영지 최동단 요새 마르스.

영토가 확장된 만큼 외곽을 튼튼히 해야 한다는 이유에서 요새 건설이 시작되었다.

하지만 그건 표면적인 이유였고, 마르스 요새는 추후 데우스 영지와 하네스 영지를 공략하기 위한 전초 기지였다.

이 때문에 요새의 성벽은 높았다.

내부는 작은 도시 급이었으며 없는 시설이 없을 정도였다.

외지에 이런 요새가 세워지는 것을 하네스 백작이 모를 리 없다.

그럼에도 백작은 별다른 말없이 넘어갔다.

제론은 유민이나 노예를 굴릴 필요가 있었고, 이 요새도 그런 정책의 일환으로 만들어졌다고 여기는 것이다.

"영주님과 백작님들을 뵙습니다!"

요새에는 제임스 경이 기다리고 있었다.

작전은 성공했으니 뒤처리는 제임스 경이 맡았다.

사실 별로 어려울 것도 없는 일이다.

"이들은 앞으로 우리 영지의 백성이 될 사람들이다. 식사를 챙겨 주도록."

"명에 따릅니다!"

제론은 여기까지 끌려 온 데우스 자작가의 병사들에게 음식을 대접하고자 했다.

따듯한 막사로 들어가 그들 역시 자백서를 쓰게 될 터.

무리가 흩어지기 전, 발런 경이 앞으로 나왔다.

"주군, 제가 설득할 수 있는 기회를 주십시오."

"그러지."

제론은 한발 물러났다.

발런 경의 검술 실력은 그럭저럭 뛰어나다는 말을 들었지만, 통솔력을 가지고 있는지도 봐야 했다.

이는 영주가 가져야 하는 기본 소양이었다.

목소리를 가다듬은 발런 경이 연설을 시작했다.

"데우스 자작은 우리를 버렸다. 일에 실패하면 자결하

라 명령을 내렸지. 그리되면 너희들의 가족들도 모두 죽는다."

"……!"

"허나 걱정할 것 없다. 페로우 백작님께서 너희 가족들을 모두 구출하고 계신다."

병사들은 깜짝 놀랐다.

세상천지에 이렇게까지 병사들에게 마음을 써 주는 영주가 있던가?

그것도 본인의 백성들도 아니었는데 말이다.

누구도 지독한 학정을 펴는 데우스 영지로 돌아가고 싶지는 않아 했다.

가족이 구출되면 돌아갈 이유가 더더욱 없었다.

"우리는 마땅히 새로운 주군을 모시고, 그분의 명령을 따라야 할 것이다!"

군사 요새 마르스에서는 제임스 경이 도적(?)들을 심문하고 있었다.
 심문은 강압적인 방식으로 이루어지지 않았다.
 페로우 영지로 귀부한 기사 발런 경의 설득으로 병사들의 자백이 이어지는 중이었다.
 심문을 시작하고 채 3시간이 되지 않아 수십 장의 자백서가 완성되었다.
 "영주님, 병사들의 자백서입니다."
 제론은 제임스 경이 내미는 서류의 앞장을 넘겼다.

 [……병영에서 받은 명령은 도적으로 위장하라는 것이었습니다. 단, 그게 페로우 백작님을 치는 건지는 전혀 몰랐

습니다. 어디까지나 페로우 상단을 치는 것이라고 들었으며, 일이 끝나면 10골드씩 지급된다고 하였습니다. 페로우 백작님과 다른 백작님들이 마차에 타고 계신 것을 알았다면, 죽는 한이 있어도 명령을 거부했을 겁니다.]

"나쁘지 않군."

자백서에 들어갈 내용은 모두 포함되어 있었다.

병사들이 기밀을 알고 있을 수는 없다.

그러므로 적당하게 각색할 필요가 있었다.

이 서류는 데우스 자작이 병사들에게 명령을 내렸다는 일종의 '내용 증명'이었다.

거짓으로 병사들을 속여 제론을 치게 하였다는 내용을 증명하게 될 것이다.

자백서를 중앙 정계에서 심의하게 되었을 때에도 딱 이 정도가 적당했다.

페로우 상단은 가문의 깃발을 달았으므로 병사들은 그저 상단을 친다는 명령만 받았다고 하면 된다.

병사들이 명령을 받아들인 이유도 간단하게 조작되어 있었다.

[……타 가문의 상단을 터는 일은 분명 죽어 마땅한 중죄입니다. 하지만 영주님의 명령은 절대적이었으며, 거부할

시에는 가족들의 목숨을 보장할 수 없다고 하니 어쩔 수가 없었죠. 영주께서는 학정을 일삼아 백성들을 노예로 팔아 치우는 일도 서슴지 않았습니다. 명령을 거부했다가는 목숨이 위태로웠을 것입니다. 물론, 10골드를 준다는 유혹에 넘어간 탓도 있지요. 저희 병사들에게 녹봉이 지급되지 않은 지 1년이 넘었기에 가족들이 굶고 있었거든요. 이런 상황에서…….]

"괜찮은 시나리오군."

제론은 꽤 만족스러워했다.

참고 자료로는 차고도 넘쳤다.

서류가 중앙 정계로 올라가게 되면 심의를 거쳐 처분이 내려질 것이다.

왕세자와 랭턴 공작, 라이온 공작, 하만 공작 등에게 뇌물을 뿌려 주기만 하면, 데우스 자작은 희생양으로 전락한다.

워낙에 악질적인 놈이라 별다른 양심의 가책도 느껴지지 않았다.

"다만, 한 가지 문제가 있습니다."

"문제?"

제론이 자백서에서 눈을 떼며, 제임스 경을 바라봤다.

그는 꽤 곤란하다는 표정이었다.

"자백서는 썼지만, 수결은 가족 상봉이 끝나면 하겠답니다."

"상관없다."

"하오나, 너무 오만방자한 것은 아닌지……."

"당연한 권리야. 가족들의 목숨이 걸려 있는데 예의가 문제이겠나? 그들의 입장에서 생각해 보게."

"역시 주군께서는 너무 자애로우십니다."

제론은 어깨를 으쓱였다.

중세인의 눈으로 보면 자비로운 것이 맞다.

하지만 애초에 데우스 자작을 타깃으로 잡지 않았으면 일어나지 않았을 일이 아닌가.

지구인 출신인 제론이 보기에 병사들이 주장하는 권리는 매우 타당했다.

"괜히 불이익 주지 말도록."

"예, 주군!"

제임스 경은 군례를 올린 후 막사를 빠져나갔다.

근처에서 와인을 홀짝거리고 있던 렌카이 백작이 입을 열었다.

"제임스 경의 말이 맞아. 아우님은 군주치고 너무 자비로워."

"백성을 살피는 것이 군주의 마땅한 도리가 아니겠습니까?"

"허허허! 그래! 왜 그렇지 않겠나? 애민 정신이 기본으로 깔려야 훌륭한 군주가 될 수 있지. 아카데미 시절부터 귀에 못이 박히도록 들었던 소리일세. 문제는 그걸 지키는 인간이 별로 없다는 거야."

"꼭 제 마음에서 우러나와 그러는 것은 아닙니다."

"그럼?"

"진심이든 아니든 그렇게 보이는 것이 중요하죠. 그래야 통치가 쉬우니 말입니다."

"호오, 정말 뛰어난 통찰력일세!"

렌카이 백작은 물론, 하네스 백작까지 엄지를 치켜세웠다.

제론은 본인이 백성을 위한 정치를 펴는 것이라 여기지는 않았지만, 중세인의 눈으로 보기에는 차고도 넘치는 모양이었다.

같은 군주의 입장인 백작들이 그리 생각할 정도라면 백성들은 더 많은 것을 느끼고 있을 것이다.

점심시간이 지난 무렵.

새벽부터 구출 작전이 시행되었으나, 백시아는 추격을 피한다는 명목으로 좀 돌아서 왔다.

시간이 지나고 보면 이번 사건이 석연치 않다는 정도는 병사들도 알게 될 것이다.

하지만 그들이 페로우 가문의 백성으로 편입되고, 이곳에서 펼쳐지는 여러 정책들의 단맛을 보게 된다면 약간의 수상한 점이야 흘려 넘길 것이 틀림없었다.

그리고 당장은 사건의 전말이나 상세한 진행에 대해 이야기를 나눌 틈이 없었다.

"여보!"

"어머니!"

"……."

곳곳에서 가족 상봉이 이루어졌다.

백시아가 임무를 훌륭하게 수행한 탓이다.

이번 작전에 참여한 병사들의 가족 전원을 구출했다.

친인척이나 지인까지는 무리였지만, 이 정도만 해도 병사들은 안심하고 자백서에 수결할 터였다.

"모두 수고했다!"

"간단한 작전이었습니다."

백시아는 아무것도 아니라는 듯 말했다.

작전에 동원된 정보부 요원들의 얼굴도 마찬가지였다.

그들은 너무 손쉬웠던 작전이라 극찬까지 들어야 할 이유는 없다고 말했다.

백시아는 영지를 침투해 요인들을 구출해 오기까지 있었던 일을 보고했다.

"데우스 영지는 경계를 포기한 것처럼 보였습니다. 해가 뜨고 한참이 지나서야 영지민들이 움직이기 시작하였으니, 페로우 영지와는 질적으로 다르더군요. 거리를 순찰하는 병력도 없고, 그 긴 성벽을 10명도 안 되는 인원이 관리하고 있었습니다. 추격을 우려하였지만 그런 일도 없었습니다."

"데우스 자작은 여전히 알아차리지 못한 건가?"

"밤늦게 술을 마시며 도박을 했다면 그럴지도 모르겠습니다. 도적 토벌을 위해 병력이 빠져나갔다는 보고를 할 병사도 없었을 테니까요."

"심각하군."

그만하면 영지의 체계가 완전히 무너졌다고 봐도 과언이 아니었다.

백성들이 반란을 일으키지 못하고 있는 이유는 오직 귀족제 때문이었다.

반란을 일으켰다가는 중앙에서 바로 군대를 보낼 것이니, 토벌이 두려워 가만히 있을 뿐이다.

데우스 자작이야말로 귀족제를 제대로 이용하고 있는 인간 중 하나였다.

"쯧쯧, 도박을 끊으려면 손목을 잘라야 한다고 하더니만."

"그러게 말입니다."

"어쨌든 고생 많았다."

제론은 공식적으로 백시아와 요원들을 치하했다.

그들에게는 상당한 수준의 금일봉이 하사될 것이다.

가족 상봉을 마친 병사들은 거칠 것이 없었다.

그들은 연신 제론에게 고맙다고 인사하며 바로 제임스 경을 찾아갔다.

마지막으로.

여동생과 상봉을 마친 발런 경이 제론을 찾아왔다.

"주군!"

쿵!

발런 경은 바닥에 머리를 처박았다.

또다시 이마가 깨지며 피가 흘렀다.

"그런 짓 좀 그만해라. 아까도 말했지 않나. 경의 이마가 깨지면 내가 때렸다고 오해할 것 아닌가."

"이 순간부터 하잘것없는 제 목숨은 주군의 것입니다."

"언제는 아니었나."

"……."

"충성을 맹세했던 그 순간부터 경의 목숨은 나의 것이었다."

"충심을 다하겠습니다."

이만하면 됐다.

제론은 이번 작전의 방점을 찍기로 했다.

"자백서들을 필사해 데우스 자작에게 통보하도록."

데우스 영지 영주성.

해가 중천에 걸릴 무렵임에도 불구하고, 영주성에서는 한바탕 술 파티가 벌어지고 있었다.

국제 상인들 중에서는 도박에 빠져 있는 인간이 많았다.

사람은 끼리끼리 어울리기 마련이라고, 평소 영지를 위한 회의가 이어져야 할 회의장에서는 도박 중독자들이 카드 게임을 하고 있었다.

원형 테이블에 앉은 사람들은 독한 술을 들이켜며 금화를 밀어 넣기 바빴다.

"크으! 올인이다! 쫓아올 테면 쫓아와 봐!"

"자작님! 좋은 패가 뜨셨나 봅니다."

"저는 쫓아가렵니다. 뻥카일 수도 있잖아요?"

촤륵!

국제 상인 하나가 금화를 밀어 넣었다.

처억!

데우스 자작은 패를 까 보이며 돈을 쓸어 담으려 했다.

"같은 그림이 5개! 이번에는 내가 이긴 것 같은데?"

"이런! 죄송하지만 이 판은 소인의 것입니다. 같은 숫자가 네 개군요."

"뭣이!?"

국제 상인이 금화를 쓸어 담았다.

데우스 자작은 바로 판을 엎어 버리려 하였다.

쾅!

"네놈! 사기를 치는 것은 아니겠지!?"

"누가 감히 귀족에게 사기를 친다는 말입니까? 제 목숨은 하나입니다만."

"그게 아니면 어찌하여 네놈이 이 큰 판을 독식할 수가 있어!"

"실력 아닐까요?"

"이 새끼가!"

"자작님! 참으시죠."

같이 카드 게임을 하던 국제 상인들이 데우스 자작을 말렸다.

아무리 도박에 미친 인간들이라지만 군주를 상대로 사기를 치는 미친 짓은 벌이지 않는다.

데우스 자작은 몸을 부들부들 떨다가 위스키를 병째로 들이켰다.

"재무관! 돈 가져와!"

"영주님! 이미 팔아먹을 것도 없습니다. 그만하시죠."

"뭐, 인마? 내가 데우스 영지의 영주다! 팔아먹을 것은 얼마든지 있어!"

재무관의 눈살이 찌푸려졌다.

데우스 자작이 말하는 팔아먹을 것이란, 백성을 뜻했다.

그는 이미 백성을 수백이나 노예로 팔아 치웠다.

그것도 모자라 더 많은 백성을 노예로 팔아먹으려는 것이다.

'미친 놈! 도박 때문에 백성을 판돈에 걸어!'

재무관은 입술을 짓씹었다.

이 짓을 때려치워야 하나, 말아야 하나 갈등이 될 지경이었다.

아무리 영주의 명령이라지만 백성을 팔아 치우면 마음이 편할까.

퍼억!

재무관이 망설이자 바로 재떨이가 날아와 머리통을 타격했다.

그의 이마가 터지며 피가 주르륵 흘렀다.

재무관의 한쪽 눈이 피에 절어 보이지 않게 될 즈음, 기사단장이 급보를 전했다.

"영주님! 페로우 가문에서 항의서가 도착했습니다!"

"항의서?"

데우스 자작은 고개를 갸웃거렸다.

페로우 백작가는 북부의 새로운 패자로 떠오른 신흥 강자다.

전쟁 영웅이었으며, 현자급 마법사로 마탑의 공식 인증까지 받은 인물이었다.

빠르게 영토를 확장하고, 유민을 흡수하면서 덩치를 불

려 가고 있는 백작이었기에 그를 건들 생각은 애초에 하지도 않았다.

미쳤다고 대귀족을 건들까.

그런 페로우 백작에게 항의서가 왔다고 하니, 이해가 되지 않을 수밖에 없었다.

데우스 자작은 백작이 보냈다는 항의서를 읽어 내려갔다.

[데우스 자작, 경이 우리 가문과 렌카이 가문, 하네스 가문을 적대하게 된 것을 매우 유감스럽게 생각한다. 아무래도 자작의 정보가 잘못된 듯하다.

하네스 백작가에서 내 영지까지 금괴를 옮기는 것은 맞지만, 세 명의 백작이 함께 마차에 타고 있다는 말은 듣지 못한 모양이군.

자작이 보낸 기사와 병사들의 자백서는 모두 확보하였다.

현장에는 렌카이 백작님과 하네스 백작님도 함께 계셨으니, 자작은 더 이상 죄를 부인하지 못할 것이야.

발런 경과 동원된 병사들의 자백서 사본을 첨부한다.

이번 사건은 세 가문이 피해를 보아 도저히 그냥 넘어갈 수가 없는 바, 왕실에 항의할 것이니 변호를 준비하도록.]

"……!"

데우스 자작은 항의서를 읽어 보고는 심장이 내려앉을 것처럼 놀랐다.

세 개의 대귀족 가문과 일부러 척을 진다?

정신이 나가지 않고서는 있을 수 없는 일이 아닌가.

"이, 이건 음모야!"


상쾌한 영지의 아침이 밝았다.

제론은 평소처럼 일어나 옷을 갈아입은 후 커피를 한잔 마셨다.

영지민들은 해가 뜨기도 전에 하루를 시작하였으며, 돈을 벌기 위해 개미처럼 일했다.

영주가 해야 할 일은 열심히 일하는 사람들에게 복지와 임금을 보장하는 것.

다행히 수출은 호조를 보이고 있었으며, 국내의 판매도 꾸준하게 늘고 있었으므로 자금을 수혈하는데 문제는 없었다.

최근에는 대설원을 정벌하고 군대를 대폭 확장했다.

군비의 지출도 늘었지만 머지않은 미래, 왕국 내전이 터진다면 어떤 식으로든 개입을 해야 했으므로 아깝다는 생각은 들지 않았다.

촤륵.

제론은 지도를 펴서 페로우 영지의 강역을 살폈다.

데우스 영지는 페로우 영지의 마지막 퍼즐 조각이었다.

완벽한 타원형의 영토를 만들려면 북동쪽에 찌그러져 있는 데우스 영지를 인수하는 것은 필수불가결한 일이다.

내전이 시작되면 바로 쳐서 점령할 수도 있었지만, 그 전에 인수할 수 있다면 다른 곳으로 영토를 확장할 수 있게 된다.

영지는 급속하게 발전하고 있는 중이었으며, 과학 기술 역시 제론의 인식이 쫓아가지 못할 정도로 빨랐다.

"이제 지구에 신경 쓸 수 있겠어."

지난 며칠 동안은 지구에 도저히 신경을 쓸 수가 없었다.

렌카이 백작이 감찰을 오고 데우스 영지에 정치 공작을 진행하면서 지구로 넘어갈 틈이 없었던 것이다.

"서울 연합."

카렌 대륙에서의 일이 정리되니 서울 연합이 신경 쓰였다.

아직은 그들의 정체성을 알 수 없다.

협력자라면 마땅히 협력하겠지만 약탈자 성향을 가졌다면 쳐서 없애야 할 것이다.

제론의 입장에서는 서울 연합과 협력할 수 있으면 더할 나위가 없을 것이다.

"더 많은 염전과 교역, 그리고 인력의 수급까지. 서울 연합을 이용할 수 있다면 영지는 더욱 가파르게 발전할 거야."

지구에 온전하게 신경을 쓰기 위해서는 우선 카렌 대륙의 일을 완벽하게 마무리해야 한다.

렌카이 백작이 갑자기 돌발 행동을 할 가능성은 없었지만, 그가 수도로 올라가기 전까지는 방심할 수 없었다.

똑똑.

"들어와."

"영주님, 두 백작께서 이제 복귀하신다고 해요."

"그래?"

"일을 모두 끝내셨다고."

바이올렛의 말에 제론은 고개를 끄덕였다.

생각보다 일이 쉽게 풀렸다.

발런 경과 이번 작전에 동원된 병사들에게서도 자백서를 받았으니, 그걸 추려 수도로 보내기만 하면 된다.

수도로 안건을 올리는 일은 렌카이 백작이 맡게 될 것이다.

"선물을 준비해."

"어느 정도로 준비할까요?"

"백작들이 부담스러워할 만큼."

"알겠어요."

제론은 그들에게 이권을 나눠 주었다.

그럼에도 조금 부족한 감이 있었다.

하네스 백작도 그렇지만 렌카이 백작을 정계에서 힘쓰게 하려면 허리가 휘어질 정도로 뇌물을 안겨 주어야 한다.

아툰 왕국에서 일 처리를 하는데 뇌물만큼 편리한 수단은 없었다.

제론은 준비를 마치고 영주성 앞으로 나왔다.

이곳에는 렌카이 백작과 하네스 백작이 각각 떠날 준비를 마치고 있었다.

"형님들! 이제 가십니까?"

"아우님, 벌써 헤어지다니, 시간이 참 빠르군."

"정말 아쉽습니다. 지금 떠나시면 언제쯤 뵙게 될지."

"무얼. 곧 자네가 수도로 상경해야 할 수도 있는데."

영지전이 끝나면 제론은 왕실의 부름을 받을 가능성이 높았다.

렌카이 백작이 수도로 올라가 여론을 만들면 바로 작업(?)이 진행될 것이다.

"하네스 형님은 곧 찾아뵙도록 하겠습니다."

"허허허, 그래."

"자네는 선물을 뭐 이리 많이 준비했나. 슬슬 부담스러워."

"제 마음입니다. 개의치 마세요."

"수도에서의 일은 너무 걱정 말게. 이미 암묵적으로 협의가 된 내용이라 바로 결제가 떨어질 것이네. 그 전에 상의를 한번 하긴 해야겠지만, 데우스 자작이 워낙 악질이라 일이 잘 풀릴 것이야."

"그럼 부탁 좀 드리겠습니다."

"간단한 일을 무얼."

렌카이 백작은 흔쾌히 나서 주겠다고 말했다.

90%는 뇌물의 힘이겠지만, 제론과 어느 정도 정이 들었다고 볼 수도 있었다.

피도 눈물도 없는 귀족 세계였지만, 여기도 사람 사는 곳이다.

그러니 모든 일이 뇌물로만 처리되지는 않는다.

두 백작은 언제라도 도움을 받을 일이 있으면 서신을 보내라고 이야기한 후 각자의 목적지로 향했다.

마중을 나온 가신들도 그들이 떠나자 허리를 숙이며 인사했다.

짝! 짝!

두 고위 귀족의 마차가 각각 남쪽과 동쪽으로 찢어져 사라지자 제론은 손뼉을 쳐서 가신들의 시선을 모았다.

"그럼 일을 해 볼까?"

"……예."

가신들은 한숨을 내쉬었다.

영지가 빠르게 발전하려면 가신들이 죽어라 일해야 한다.

오늘도 평소와 다름없는 평화로운 하루였다.

제론은 오전 내내 영지를 시찰했다.

영지를 돌아보며 느낀 것은 가신들이 각자 맡은 일을 성실하게 수행하고 있다는 점이었다.

보직에 따라 최선을 다한다.

인센티브제를 도입한 효과가 아닐까 싶었다.

제론이 특히 신경 쓰는 부분은 철도의 도입이었다.

처음에는 철도가 도입되면 아툰 왕국 전역에서 난리를 치지 않을까 우려했지만, 렌카이 백작의 말을 듣고는 생각이 바뀌었다.

철도 공사에는 어마어마한 자금이 들었고, 이 시대 영주들은 물류에 크게 관심이 없었으므로 적극적으로 필요성을 어필해도 철도 보급은 힘들었다.

그 말은 눈치를 보지 않고 철도를 깔아도 된다는 뜻이다.

혹여 관심을 갖는 영주가 있다면 제론이 어느 정도 지원을 해서라도 철도를 깔도록 종용할 것이다.

되레 이렇게 당당하게 나오면 페로우 영지가 아무런 제재 없이 철도를 깔 수 있게 된다.

공방거리.

제론은 하이브리드 철마를 눈앞에 두고 있었다.

"이게 마도 공학을 적용한 철마란 말인가?"

"정확하게는 마도구를 사용해 출력과 연료 효율을 높인 정도지."

"그게 어딘가?"

"조금 아쉽지만, 자네의 말대로 이게 어딘가 싶어."

"설계는 레이첼 경과 함께했나."

"물론. 며칠 동안 자네는 바쁘지 않았나."

공방에 함께 있던 레이첼이 손가락에 브이를 그렸다.

나름 레이첼은 마법진 전문가였다.

공학 박사 수준의 지식을 가진 강씨와 협력한다면, 더 효율이 좋은 마도 공학 기계들이 발명될 것이다.

출력과 연비 30%를 개선하였으니, 이는 무시 못 할 성과다.

"수고했다, 레이첼 경."

"헤헤, 언제라도 부려 주세요!"

레이첼은 지금의 생활에 매우 만족하고 있었다.

이번에도 그녀에게는 금일봉이 하사된다.

성과제는 영지 전체를 움직이는 핵심적인 동력이었다.

카렌 대륙 출신 가신이라고 해도 금일봉이 지급되었다.

영지 내에서는 고급 주류가 끊임없이 생산되고 있었으니, 애주가 입장에서는 천국이나 다름없을 것이다.

"하이브리드 철마는 언제 개장하나?"

"며칠 안에 가능해. 노선은 전부터 영지에서 개발하던 철광산이라네."

"이제 슬슬 노선을 확장해야 하는데. 부동항까지 철도는 언제 깔리겠나?"

"거기까지는 좀 걸리지. 워낙 거리가 있으니까."

부동항 개발은 영지에서 사력을 다해 추진하고 있는 사업이었다.

부동항을 건설하고 대규모 자염 공장을 짓는 것이 목표다.

그 순간부터 페로우 영지에는 어마어마한 소금이 유입되기 시작할 것이다.

다만 거기까지 가는 길이 꽤 멀다.

인프라를 깔고 본전을 뽑으려면 오랜 시간이 걸릴 수도 있었다.

그래도 해야만 하는 일이었다.

제론은 부동항 건설에 더 많은 인력을 투입하기로 했다.

"주군!"

제론이 공방을 나왔을 때, 가르시아 경이 호들갑을 떨며 달려왔다.

"쯧쯧, 너는 기사라는 놈이 체신머리가 없어."

"데우스 자작이 찾아왔습니다!"

"데우스 자작이?"

"지금 영주성에서 기다리고 있는데, 더 기다리라고 할까요?"

"몸이 꽤 달은 모양이군."

벌써 데우스 자작이 찾아왔다면 밤을 새워 가며 말을 달린 것이 분명했다.

자신의 죄(?)가 낱낱이 까발려진 것이 꽤나 당혹스러웠던 모양이다.

제론은 잠시 영지 시찰을 멈추기로 했다.

"바로 가지."


영주성 응접실.

화려한 의자에 30대 초반의 창백한 안색인 남자가 식은땀을 흘리고 있었다.

멀리서 보면 마치 약물에 중독된 환자처럼 보였다.

"상태가 왜 저래?"

"알코올 중독 때문이 아닐까요?"

"쯧, 도박에도 손을 대는 놈이 알코올 중독이라니."

그는 매일 독한 술을 입에 달고 살다가, 제론을 만나기 위해 밤새도록 술을 마시지 않은 것으로 보였다.

식은땀이 나고 창백한 안색이며, 숨까지 살짝 거친 것이 금단 현상임이 틀림없었다.

"와인을 준비해."

"네, 주군!"

응접실로 페로우산 와인이 놓여졌다.

그걸 보며 침을 꼴깍 삼키던 데우스 자작은 더 이상 참지 못하고 술을 병째로 들이켰다.

잠시 후 자작의 몰골은 좀 나아졌다.

안색이 돌아왔으며 식은땀도 나지 않았다.

도박에도 환장하는 인간이 술에 절어 산다니.

제론이 생각하기로는 최악의 인간상이었다.

"이게 누구신가."

"백작님!"

쿵!

데우스 자작이 무릎을 꿇은 채로 머리를 처박았다.

그러곤 매우 억울하다는 듯 성토했다.

"뭔가 오해가 있었던 모양입니다!"

"오해? 자네가 내 마차를 습격한 것이 오해라고?"

"겨, 결단코 제가 내린 지시가 아닙니다!"

"이미 늦었다."

"늦었다니 도대체 무슨……?"

"렌카이 형님께서 자백서를 가지고 상경하셨네. 수도로 올라가는 즉시 이 문제가 공론화될 걸세."

"모함입니다! 제가 미쳤다고 백작님의 마차를 습격합니까!?"

"이미 세 차례나 전적이 있지. 자백서까지 확실하니 자네의 '주장'은 먹히지 않을 거야."

"미친……!"

"응? 나한테 한 말인가?"

털썩.

데우스 자작이 몸을 일으켜 소파에 주저앉았다.

억울하긴 할 것이다.

데우스 자작은 백성을 수탈하고 노예로 팔아먹기까지 하는 최악의 인간이었지만, 고위 귀족에게 대들 깜냥은 되지 않았다.

하지만 중앙 정계에서 데우스 자작의 편을 들어 줄 사람은 드물다.

제론이 영토를 확장하면서 데우스 자작을 둘러싼 형국이 되었으므로 지정학적인 가치가 전혀 없었다.

데우스 자작 역시 바보는 아니었기에 지금 상황이 외통수라는 점을 인지했다.

"제가 희생양이군요. 혹시 윗선과도 이야기가 됐습니까?"

"금시초문인데?"

"영지전이 불가피하겠군요. 백작님은 제 영지를 원하시고, 상부와 암묵적인 동의가 끝난 듯 보이니 말입니다."

"……."

제론은 자작의 말에 꽤 놀랐다.

'도박 중독자에 구제 불능인 줄 알았는데, 정치 감각은 꽤 뛰어난가?'

제론이 말이 없자 자작의 눈빛은 강렬해졌다.

"이 자리에서 영지전의 조건을 조율했으면 합니다."

"영지전의 조건을 조율해?"

"백작님들께서 저희 파벌과의 암묵적인 동의도 없이 이런 일을 벌이지는 않았을 거라고 봅니다. 어차피 벌어질 일이니, 저는 제 모든 것을 걸고 도박을 해 볼 생각입니다."

"허!"

"제가 패한다면 모든 것을 드리겠습니다. 허나 제가 승리한다면 그람 영지를 받게 해 주십시오. 그람 영지를 받는 즉시 백작님께 매각한다는 조건입니다."

"내가 그래야 할 이유는?"

"제가 죄를 인정하면 좀 더 매끄럽게 일이 진행될 것이기 때문이죠. 동의하신다면 국왕 폐하와 각 파벌의 수장들에게 사죄의 편지를 보내겠습니다. 그리고 죄를 고백해 영지전을 받아들인다고 하겠습니다."

제론은 어처구니없다는 눈으로 데우스 자작을 바라봤다.

지금 그는 자신의 목숨을 걸고 마지막 도박을 하려는 것이다.

'도박은 죽어야 끊을 수 있다더니, 내가 지금 그 산증인을 마주하고 있는 건가?'

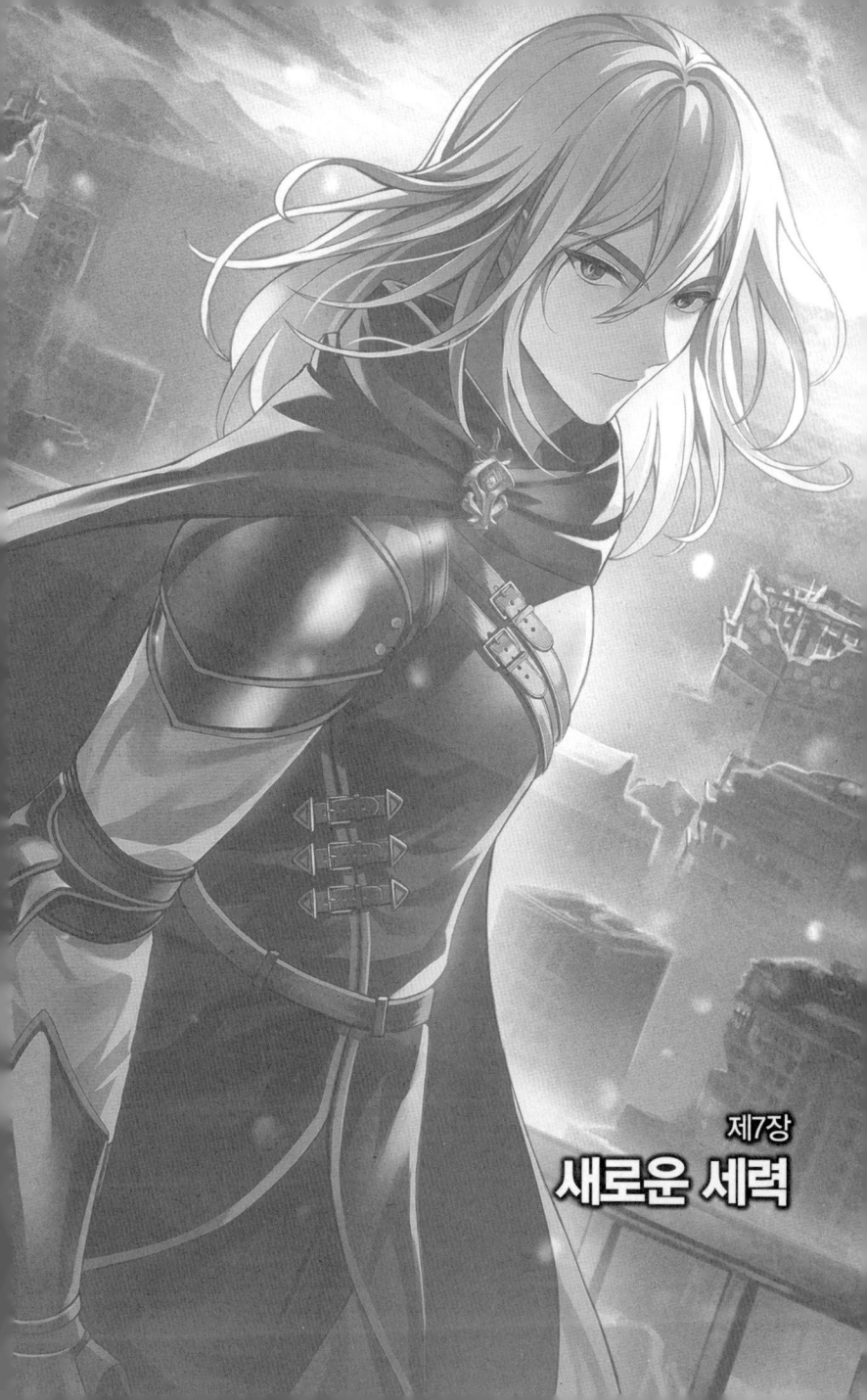

자작의 진지한 눈빛을 보고 있자면 도저히 장난은 아닌 것 같았다.
 이 인간은 진심으로 인생 최후의 도박을 하고자 했다.
 "그러다 죽을 수도 있네."
 "당연히 죽을 각오는 해야 하는 것 아니겠습니까?"
 "자네가 그리 강심장인지는 몰랐는데."
 "후후, 그간 도박으로 심장이 단련된 탓이지요."
 "……."
 이 정도면 도박의 수준을 넘어선 광기였다.
 영지민까지 팔아먹으며 도박을 하다가 이제는 자신의 목숨까지 걸고 있었다.
 물론 선택지가 없긴 할 것이다.

지금 정도 생활의 수준을 유지하기 위해서는 반드시 영지가 필요할 테니까.

데우스 자작은 무서울 정도로 자신의 처지를 잘 알고 있었다.

그 좋은 머리가 도박으로만 돌아가니 안타까웠다.

"자네가 타깃이 된 것은 그 행실에 있다네."

"알고 있습니다."

"알면서도 도박을 맹목적으로 파고들어?"

"도박을 하지 않으면 잠조차 오지 않습니다. 사는 이유가 없죠."

'도파민이 도박할 때만 나오는 모양이군.'

멸망하지 않았던 지구에서도 이런 유의 인간은 종종 볼 수 있었다.

도박으로 패가망신한 자들은 경마장이나 카지노, 사설 도박장 등에 자주 출몰했다.

지구에서는 도박 중독자들을 근절하기 위한 노력이라도 했지만, 카렌 대륙에서의 도박은 '신사의 게임'이라고도 불렸다.

귀족이 모이면 간단하게 카드 게임을 하는 정도는 쉽게 찾아볼 수 있었다.

그래도 사람이 이 지경으로 망가질 때까지는 도박을 하지 않았다.

제론은 지금 도박에 중독되면 그 최후가 어찌 되는지를 보고 있었다.

"물론 지금 당장이라도 백작님께 좋은 조건에 영지를 매각할 수도 있겠습니다만, 그래서야 도박사라는 제 명성이 울지요."

"자네에게 도박사의 명성이 있긴 하고?"

"국제 상인들에게는 꽤 유명합니다."

'암, 유명하지. 국제 호구라고.'

제론은 데우스 자작의 제안을 생각해 보았다.

어떤 형태로 영지전이 벌어지건 무조건 승리하게 되어 있다.

승리가 확정이라면 일을 쉽게 하는 편이 낫긴 하다.

가장 확실한 방법은 데우스 자작이 스스로 죄를 고백하는 것이다.

그리하여 영지전을 허가받는다면 그것으로 끝이니까.

정계에서 논의할 필요도 없게 된다.

왕세자 파벌의 확장을 걱정하는 모든 귀족들의 입 또한 닫게 할 수 있었다.

제론에게는 손해가 아닌 것이다.

"가계약을 하겠나?"

"폐하의 윤허가 떨어지면 계약을 확정하는 것이군요."

"그렇지."

"바로 하겠습니다."

제론은 데우스 자작과 협상에 들어갔다.

협상을 하려면 최소한 몇 개월은 걸릴 줄 알았는데, 일 처리가 빨라서 좋았다.

먼저 전쟁에 대한 내용이었다.

1. 각 가문에서는 기사 한 개 분대와 100명의 병력을 동원해 전쟁을 치른다.
2. 평야에서의 전투이며, 무기에 대한 제한은 없다.
3. 가문의 수장이 직접 지휘한다.

내용을 써 내려가던 데우스 자작이 고개를 갸웃거렸다.

"괜찮으시겠습니까?"

"뭐가?"

"직접 출전하셨다가 잘못되시면."

"나는 현자급 마도사다. 자네가 걱정할 필요는 없어."

"하긴……. 맞는 말씀입니다."

데우스 자작도 이번 일에 목숨을 걸기로 했다.

영지전이 끝나면 데우스 자작은 목숨을 잃을 것이다.

다음은 영지전 보상에 대한 내용이었다.

1. 페로우 가문이 승리한다면 데우스 영지는 페로우 영

지에 귀속된다.

2. 데우스 가문이 승리한다면 페로우 가문이 가진 그람 영지가 데우스 가문에 귀속된다.

3. 데우스 가문이 승리 시, 보상으로 받은 그람 영지는 곧바로 페로우 영지에 매각한다.

절대적으로 제론에게 유리한 조약이었다.

그럼에도 데우스 자작은 망설임이 전혀 없었다.

오히려 얼굴빛이 환해졌다.

"너무 기대됩니다."

"기대가 돼?"

"이만큼 흥분이 되는 도박은 처음이거든요."

"……자네, 스스로 미쳤다는 생각은 해 본 적이 없나?"

"저는 미친놈 맞습니다."

"……."

"그래도 제 처지를 아니, 얼마나 다행입니까?"

"쯧."

제론은 혀를 차고 사인을 마쳤다.

계약서 상단에는 〈가계약서〉라는 문구를 명확하게 넣었다.

계약을 하긴 했지만, 상부의 제가가 있어야 했기에 우선은 당사자들끼리만 협의를 하고 내용은 국왕이 심의하게 될 것이다.

데우스 자작이 만족스러운 얼굴로 자리에서 일어났다.

"그럼 영지전에서 뵙겠습니다!"

"그러지."

"흐흐흐."

자작은 생각만 해도 짜릿하다는 얼굴로 귀빈실을 나갔다.

곁에서 계약을 지켜보고 있던 가르시아 경은 질렸다는 표정이었다.

"완전 미친 사람이네요."

"도박에 중독되면 저렇게 되지."

"영지전을 도박으로 본다는 것이 충격입니다. 이게 무슨 카드 게임도 아니고요."

"자작의 입장에서는 하이리스크 하이리턴이라 생각하는 모양이지. 승률이 낮을수록 배당은 높은 법이니까."

"문제는 자작의 승률이 0%라는 것 아닙니까?"

가르시아 경의 말에 제론은 그저 미소만 지을 뿐이었다.

그날 밤.

제론은 하루 일과를 마치고 지구로 넘어갈 준비를 했다.

지난 며칠 동안은 기계를 들여오는 일에 집중했다.

지구에 신경을 쓸 상황이 아니어서 단순히 하루하루 무

게만 채웠었다.

하지만 오늘은 다르다.

카렌 대륙에서의 일은 대충 정리되었다.

영지의 발전은 이어질 것이며, 영지전에 대한 문제도 깔끔하게 마무리했다.

데우스 자작이 찾아와 자신의 죄(?)를 고백하겠다고 나서면서, 굳이 정치적으로 무리할 필요가 없어졌다.

이제 지구에 신경 쓸 수 있게 된 것이다.

쿨렁!

지구로 넘어오자 따스한 기운이 느껴졌다.

본격적인 봄이었다.

언제 빙하기가 올 것처럼 추웠냐는 듯 지구는 생명의 기운을 뿜어내고 있었다.

이곳은 원산도 시내 은신처다.

서울 연합이 쉽게 쳐들어오지 못하리라는 사실은 알았지만, 혹시 모르는 일이다.

넘어오자마자 누군가가 총구라도 들이대고 있으면 제론이라고 해도 위험할 수 있었으므로 원산도 시내에 은신처를 만들었다.

나름 깔끔한 실내는 시신도 없었고, 가구가 망가지지도 않았다.

창문을 열자 바닷바람이 훅 밀려 들어왔다.

"평화롭군."

이 커다란 섬은 누군가가 침공한 흔적이 없었다.

변이체도, 약탈자도 없는 모습.

저 멀리 웅장하게 보이는 성벽이 꽤나 든든했다.

서울 연합에서 작정하고 전쟁을 벌인다고 해도 성벽을 넘기는 힘들 것이다.

탱크로 밀어 버린다면 모르겠지만, 대규모 침공이 일어나면 바로 다리를 폭파한다는 계획이 세워져 있었다.

결국 바닷길을 이용해야 했으므로 그들이 전쟁에서 승리할 가능성은 0%에 수렴한다.

오랜 시간 지구와 카렌 대륙을 오갔던 제론에게 이러한 평화는 정말 간만이었다.

밖으로 나와 시내를 걸었다.

길은 깔끔하게 정리되어 있었다.

아무래도 대대손손 살아가야 할 땅이라면, 이 지역을 대하는 마음가짐이 다를 수밖에 없었다.

불도저로 대충 밀어 버려도 됐지만, 원산도 사람들은 견인차를 이용해 하나하나 차량들을 처리한 모양이었다.

거리에는 그 흔한 시신도 없었다.

며칠 사이에 시내를 완전히 정리한 것 같은 모습이었다.

제론은 거리에 주차되어 있는 바이크에 시동을 걸었다.

부르르릉!

부드럽게 걸리는 시동.

원산도 사람들이 바이크를 수리해 가져다 놓은 것 같았다.

부아아앙!

제론은 깔끔하게 뚫린 도로를 질주했다.

바이크를 타고 속력을 내자, 시내를 벗어나는 것은 금방이었다.

쉘터에 가까워질수록 웅장한 성벽이 눈에 들어왔다.

그 위에는 각종 무기들이 배치되어 있었다.

대형 발리스타를 비롯해 기관총과 저격수까지.

경보를 위한 종까지 설치해 둔 것으로 봐서는 제론이 없는 동안 각고의 노력을 기울인 것 같았다.

새로운 쉘터는 경비도 철저했다.

"제론 님이십니까?"

"간만입니다."

쿠구구궁!

성벽에 설치된 문은 자동으로 올라가지 않았다.

아직은 수동이었지만, 쉘터에서 자동문을 제작하고 있는 중이다.

제론은 쉘터로 넘어와 성벽으로 올라갔다.

지나가는 사람들마다 인사를 해 왔다.

"오셨군요!"

"별일 없습니까?"

"덕분에 편안합니다."

성벽 위에서 경비를 서는 사람들의 눈에 평화가 내려앉아 있었다.

지구가 멸망한 이후 처음 보는 표정이었다.

제론은 성벽 위에서 원산도 내부를 바라봤다.

잔잔하게 바람이 불었으며, 변이체는 관찰되지 않았다.

주변은 나름 깔끔하게 정리되어 있어 이곳이 멸망한 지구가 맞는지 헷갈리기까지 했다.

제론은 경비와 대화를 나누어 봤다.

"이곳의 삶은 만족스럽습니까?"

"물론이죠. 저녁이면 퇴근해 가족들과 함께할 수 있으니까요. 주말에는 여행도 갑니다. 아직 먼 곳까지는 무리이지만 시내와 그 부근은 안전하니까요."

"아직 원산도 내부 청소가 되고 있는 모양이군요."

"네, 하루에 한두 마리씩 변이체를 사냥하고 있답니다. 이제 변이체를 찾기 힘들 지경이라고 하니, 일주일 안에 섬 전체가 손에 들어오겠죠."

경비원의 표정에 감도는 것은 바로 희망이었다.

새로운 문명을 건설하게 되면서 예전과 같은 삶으로 돌아갈 수 있다는 희망 말이다.

'소기의 목적은 달성이군.'

이곳 사람도 인간답게 살아야 한다.

예전과 똑같은 자유를 누리기는 힘들겠지만, 이 정도만 해도 그들에게는 천국이나 다름없을 것이다.

"제론 님!"

제론이 성벽에서 주변을 살피고 있을 때, 이승훈이 연락을 받고 달려왔다.

이곳의 표면적인 지도자는 제론이었지만, 실질적으로는 이승훈이 리더의 역할을 맡고 있었다.

원산도가 안정되면 투표로 지도자를 선출하기로 하였으니, 다들 불만 없이 이승훈의 말을 따랐다.

별다른 이변이 없다면 이승훈이 정식 지도자로 선출될 것이다.

"승훈 씨, 별일 없었습니까?"

"큰일은 없었습니다."

"큰일이 없다는 말이 더 불안하네요."

"잠시 걸을까요?"

"그러시죠."

그들은 성벽 위를 거닐었다.

제론이 보기에 큰 문제는 없는 것 같았지만, 지도자의 입장은 다를 것이다.

어느 정도 경비원들과 멀어지자 이승훈이 한숨을 내쉬며 말했다.

"지금 남쪽 다리에서는 서울 연합과 대치 중에 있습니다."

"대치를 한다고요?"

"총질을 하거나 그런 건 아니지만, 눈치 게임을 하고 있죠."

"전쟁으로 번지겠습니까?"

"모르겠습니다."

"쯧."

제론은 혀를 찼다.

지구에서의 삶은 바람 잘 날이 없었다.

변이체의 위협이 없다고 해서 안전이 보장되는 것은 아니다.

서울 연합이라는 큰 세력이 서해안으로 내려왔으니, 언제고 마찰을 빚을 수밖에 없는 운명이었다.

"그나마 제론 님께서 힘을 보여 주셨기에 잠잠했지, 그게 아니었다면 쳐들어오고도 남았을 것 같군요."

"성향이 확실히 판단됐습니까?"

"그건 아니지만요."

서울 연합을 관찰해 약탈자의 징후가 보이지 않았다면 아직 가능성은 있었다.

"그쪽에서 뭔가 말은 없었습니까?"

"실은 그 말씀을 드리려 합니다. 서울 연합 측에서 제론

님을 만나고 싶다는 의사를 타진했습니다. 다리 위에서 대치하고 있는 이유도 그 때문이죠."

이승훈의 말에 제론의 눈이 빛났다.

"그래요? 그럼 만나 봐야죠."

서울 연합과 협력 관계를 구축할 수 있다면 대량의 노동력을 확보할 수 있을 것이다.

원산도 남쪽, 원산대교.

원래 섬이었던 원산도는 남북으로 개통된 다리 때문에 육지처럼 이동할 수 있었다.

길이는 1.7km가 넘었으며, 폭은 15m 이상, 3차로와 인도로 이루어져 있다.

생각보다 넓은 폭을 지녔으나, 지구가 멸망한 이후에는 사고가 난 채로 방치된 차량으로 막혔다.

변이체들의 1차 침공 당시, 다리 위에서 사고라도 있었는지 도로에서 바다로 튕겨 나간 차량의 흔적이 즐비했다.

이 다리는 현재 1차선만 정리되어 있었다.

원산도에서 보령으로 나가는 좁은 길만 불도저로 밀어 차량이나 바이크 한 대만 오갈 수 있게 만든 것이다.

바리케이드는 교량의 아치 형태 지지대 위에 세워졌다.

제론이 마법을 사용해 벽을 만든 것이다.

벽에는 철문이 설치되어 허가되지 않은 차량은 통과할

수 없었다.

성벽 위에는 각종 무기가 설치되었다.

변이체를 대비한 석궁과 발리스타를 비롯해 화약 무기가 즐비했다.

누군가 여길 뚫으려 한다면 상당한 희생을 각오해야 할 것이다.

제론은 이승훈과 함께 교량을 걸으며 다시 한번 태세를 확인했다.

"다리에 폭탄 설치는 끝났겠죠?"

"물론입니다. 폭탄은 최후의 수단인데요."

폭탄의 사용은 최대한 지양해야 한다.

이미 원산도 북쪽 다리가 폭파된 이상, 이곳이 육상으로 보령까지 나갈 수 있는 유일한 길이었으니까.

아무래도 다리를 이용해 차량으로 이동하는 것과, 배로 오가는 것에는 많은 차이가 있을 수밖에 없었다.

서울 연합이 약탈자 성향을 가진 것이 아니길 바라야 한다.

제론은 성벽 위로 올라왔다.

양측은 매우 첨예하게 대치하고 있었다.

각 한 개 분대를 동원해 총구를 겨눈 채 경계하는 중이다.

성벽의 책임자는 우도 출신 남대현으로, 모든 경계 병력을 지휘하고 있었다.

"대현 씨, 수고하십니다."

"제론 님! 오셨군요!"

남대현의 표정이 밝아졌다.

제론이 나타난 이상 적이 얼마나 몰려오든 상관없이 막을 수 있었기 때문이다.

막강한 마법사의 등장에 서울 연합 측은 몸을 움찔거렸다.

그들도 마법이 사용되는 모습을 보았기에, 그 위력을 알고 있었다.

잘못하면 여기서 살아 나갈 수 없다는 사실 역시도.

"언제부터 이러고 계셨습니까?"

"며칠 됐죠."

"충격전은 없었고요?"

"전혀요. 이쪽에서 경계하는 만큼, 저놈들도 경계를 철저하게 할 뿐, 싸울 생각은 없는 것 같습니다."

"그런데 왜 이러고 계세요?"

"혹시 모르니까요."

일종의 기 싸움이었다.

지금 보니 성벽 위에서 미지의 세력과 대치하고 있는 사람들의 얼굴은 하나같이 푸르죽죽했다.

교대 근무를 하고 있는 것이겠지만, 적이 될지도 모르는 자들과 총구를 겨눈 채 경계를 선다는 것은 매우 피곤한 일이다.

제론은 이 의미 없는 소모전을 종식시키기로 했다.

싸우면 싸우는 것이지, 심력을 소모해 봤자 좋을 게 하나 없었다.

팟!

제론은 가볍게 성벽 위에서 떨어져 내렸다.

그러곤 온몸에 실드를 두른 채 천천히 앞으로 걸어갔다.

철컥.

오른손에는 검을 한 자루 쥐었다.

서울 연합 측에서 더욱 몸을 움찔거리는 것이 보였다.

드론을 통해 제론이 싸우는 모습을 봤다면 저렇게 반응하는 것이 오히려 자연스럽다.

"머, 멈춰라!"

"나는 혼자인데?"

"거기 서서 이야기합시다!"

"이야기를 하자고? 싸우자는 것이 아니라?"

"우리는 귀하와 적대할 마음이 없습니다!"

"그런 인간들이 총구를 겨누고 있어? 싸우자는 뜻으로밖에는 보이지 않는데."

콰과과과!

제론은 마력을 끌어 올렸다.

수십 개의 매직 미사일이 허공에 형성되었다.

5서클 마법사가 카렌 대륙도 아닌, 마나가 풍부한 지구에서 매직 미사일을 쏘게 되면 그건 단순한 1서클 마법이 아니게 된다.

소총에 버금가는 위력을 발휘하는 것은 범위도 넓다.

제론의 손짓 한 번으로 눈앞의 인간들을 다 쓸어버릴 수 있다는 의미였다.

"적대할 마음이 없다니까요!"

"너희들이 총구를 겨누기에 나도 마법을 겨누어 보았다."

"하……."

이들의 대장으로 보이는 남자가 질렸다는 표정으로 총구를 거두었다.

그러자 모든 서울 연합 사람들이 총구를 내렸다.

보답(?)으로 제론도 마법을 캔슬해 주었다.

"저는 서울 연합의 군단장 박재성이라고 합니다. 마법사님을 만나게 되어 영광입니다."

"군단장이라……. 직책이 꽤 거창하군요."

이들이 이군을 적대하는 것이 아니라는 사실이 증명됐기에 제론은 말을 높였다.

서울 연합이 적이 아니라면 미래의 관계를 생각해서라도 조금 부드럽게 대해 줄 필요가 있었다.

"마법사님을 만나기 위해 기다렸습니다."

"제론 페로우입니다."

"아, 네. 제론 페로우 님. 혹시 저희 연합장님과 만날 의향이 있으십니까?"

"그래서 나왔지요. 대화가 필요 없다고 생각했다면 쳐들어가서 쓸어버렸을 겁니다."

"……."

제론의 살벌한 말에 서울 연합 사람들은 식은땀을 흘렸다.

막강한 무력을 갖춘 사람이 그렇게 말하니 진실로 들렸던 것이다.

실제로 약탈자 세력들이 몇 번이나 쓸려 나가기도 했었다.

제론은 손목시계를 확인했다.

"10분 드리겠습니다. 저를 만나고자 했다면 근처에 있겠죠. 늦는다면 어떤 꿍꿍이나 적대할 의사가 있다는 것으로 알고 공격하겠습니다."

"15분! 그 안에 연합장님을 모셔 오겠습니다!"

"좋아요. 정확히 15분입니다."

역시 사람은 시간을 제한해야 빨리 움직이게 마련이다.

제론이 15분이라고 딱 못을 박아 버리자 서울 연합 사람들은 매우 분주하게 움직였다.

총구를 거두는 것은 물론, 여기저기 무전을 치며 호들갑을 떨었다.

쿠구구구!

제론은 마법을 사용해 의자를 만들었다.

서울 연합 사람들은 힐끔 쳐다만 볼 뿐, 별다른 반응이 없었다.

바닥에서 돌이 올라오는 모습 정도는 이제 놀랍지도 않은 모양이었다.

그 15분의 시간 동안 제론은 주변을 둘러보며 여유를 만끽했다.

'서울 연합이 문제이기는 했지. 이들이 나와 적대할 의사가 없다면 지구에는 평화가 찾아올 거야.'

물론 장담할 수는 없다.

지구에는 여전히 변이체가 남아 있었으니까.

놈들의 유입이 멈추었는지 알 수 없는 이상, 조심하긴 해야 할 것이다.

그렇다고 해도.

제론이 5서클에 오르고 바시움 왕가의 검술을 얻으며 강해진 이상, 5차 진화체가 쳐들어와도 충분히 막을 수 있을 것이다.

서울 연합까지 아군으로 가담하게 되면 보령을 비롯한 그 부근 지역들이 깔끔하게 정리될 것이니 더욱 문제가 없어진다.

제론은 다리 너머로 펼쳐진 수평선을 감상했다.

지구에서 이토록 여유를 부릴 수 있게 되었다는 것에 새삼스러운 감정까지 들었다.

부아아앙!

제론이 이런저런 생각에 잠겨 있을 때, 멀리서 바이크 한 대가 질주해 왔다.

시계를 보니 14분이 지나가 있었다.

시간을 정확하게 맞춘 것을 보니 어지간히 제론과 적대하기가 싫었던 모양이다.

바이크는 제론의 앞에 섰다.

헬멧을 벗은 남자는 매우 평범한 30대 중반의 청년이었다.

"백시경입니다."

"앉으시죠."

쿠구구구.

제론은 맞은편에 돌 의자를 만들어 주었다.

백시경이라고 밝힌 남자는 별로 놀란 얼굴이 아니었다.

지금껏 서울 연합에서는 끈질기게 원산도를 정찰했었다.

서해안 연맹의 전력을 심층적으로 분석하였으며, 제론이 변이체들을 몰이사냥 하는 모습도 촬영했다.

그러니 돌 의자 하나 만드는 것은 별일도 아니라고 여긴 모양이다.

그들은 의자 따위보다는 마법으로 제론이 공격하지 않을까 꽤 긴장한 얼굴이었다.

'약탈자들이 아닌가?'

제론은 백시경의 표정에서 정보를 얻어 내려 했으나 실패했다.

한 세력의 수장이라는 사람이 이렇게 특색이 없을 줄이야.

"저를 만나고 싶었던 이유가 뭡니까."

"협력을 논하기 위해서입니다."

"협력이라. 서울 연합은 우리가 필요할지 모르겠지만 반대의 입장을 생각해 보시죠."

서해안 연맹은 서울 연합이 필요 없다는 뜻이었다.

제론의 내심은 서울 연합이 반드시 손안에 들어왔으면 했지만, 귀족으로 살아온 세월이 있기에 내심을 감추고 상대방의 속내를 파악하고자 하는 것이다.

백시경은 한숨을 푹 내쉬었다.

제론의 말 어느 한구석도 틀린 점이 없었다.

"귀하의 말씀이 맞습니다. 지금이 정상적인 경우라면 그 말이 틀리지 않죠."

"언제는 지구가 정상적이었습니까?"

"제론 님은 서산의 변이체를 정리하고 원산도까지 모조리 청소하셨지요. 일반적인 상황이라면 저희 서울 연합이 필요하지 않으실 겁니다. 하지만 지금은 일반적인 상황이 아니라서요."

"일반적인 상황이 아니다?"

"수도권에 변이체 웨이브가 발생했거든요."

"⋯⋯!"

그 말에는 제론도 꽤 놀랐다.

변이체 웨이브?

분명 과거에 그런 사건이 있었다.

변이체 몇 마리가 설치는 것만으로는 지구가 멸망하지 않는다.

끊임없이 괴물이 몰려오는 웨이브 급은 되어야 지구를 이 지경으로 망가뜨릴 수 있었다.

그 당시를 겪었던 사람이라면 움찔거릴 수밖에 없다.

제론의 실력이 발전했다지만, PTSD가 완전히 치유된 것은 아니었으니까.

"웨이브라니. 그게 가능합니까?"

"정확하게 말하면 변이체가 세력을 형성했습니다. 놈들의 숫자는 수십에서 시작해 수백으로, 지금은 천 단위로 늘어났죠. 세력에 가담하지 않은 변이체는 무차별적으로 학살됩니다. 그렇게 늘어난 놈들은 수도권을 휩쓸고 이동 중에 있죠."

"변이체가 세력을 형성했고, 이리저리 날뛰는 바람에 놈들을 피해 서해안으로 내려왔다는 뜻입니까?"

"예."

제론은 의심부터 했다.

의심병 환자라서 그런 것이 아니라, 지구에는 워낙에 사기꾼이 흔해서다.

본인이 속한 쉘터 내에서도 배신과 사기가 난무하였는데, 처음 보는 사람의 말을 믿는 것은 바보 같은 짓이었다.

백시경도 그 점을 인지한 모양이다.

"증거 자료입니다."

백시경이 손짓하자 군인 한 명이 노트북을 들고 달려왔다.

그는 드론으로 촬영된 영상을 재생시켰다.

"미친!"

제론은 영상을 보자마자 탄성을 내뱉었다.

살짝 흔들리고 있는 드론은 영상을 촬영했던 당시 조종사의 심정을 대변하고 있었다.

정말 천 마리 이상 되는 변이체들이 단체로 이동하는 중이었다.

은빛 갑각을 두른 5차 진화체가 거대한 덩치를 가진 4차 진화체들을 진두지휘하고 있었다.

그 숫자만 해도 수십 마리가 넘었다.

4차 진화체들은 나머지 변이체들을 지배했다.

놈들은 군대같이 질서 정연하기까지 했다.

제론의 눈동자가 사정없이 흔들렸다.

이런 엄청난 광경을 보고 나서도 평정심을 유지한다는 것은 매우 힘든 일이다.

군단 급의 변이체가 무리 지어 서해안으로 내려온다면 대체 어떤 일이 발생할까?

상상하는 것만으로도 끔찍했다.

"5차 진화체는 인간 정도의 지능을 갖추고 있는 놈입니다. 섬에 계신다면 비교적 안전하겠지만, 그것도 확실한 건 아니죠."

우선 놈들이 동쪽으로 향했다는 것은 매우 다행스러운 일이다.

그 엄청난 세력이 서해안으로 내려왔다면 그만한 재앙이 없었다.

서울 연합도 변이체 무리의 반대쪽으로 도주한 것으로 보였다.

백시경은 간절한 표정으로 제론을 바라봤다.

"동맹을 맺고 싶습니다."

"동맹이라······."

"저는 살고 싶습니다. 우리 모두가 마찬가지죠."

제론이 예상했던 것보다 서울 연합과는 더 긴밀한 관계가 될 것 같았다.

제론의 표정은 한없이 진지해졌다.

이 상황에 진지해지지 않으면 그게 더 이상한 일이다.

장난은 이쯤에서 그만두기로 했다.

원래 계획대로라면 서울 연합을 위협해, 좀 더 유리한 위치에서 협상을 하려고 했다.

하지만 지금은 그럴 상황이 아니었다.

"5차 진화체가 배를 타고 침공할 수 있다고 보십니까?"

"가능성은 있는 일이죠. 저희가 지속적으로 관찰한 바로는 5차 진화체의 지능은 상상 이상이었습니다. 각 차수별로 계급화도 잘 이루어져 있었고요. 그런 놈들이니 귀하의 세력에도 영향을 미칠 수 있다고 봅니다."

"우리는 섬 세력입니다. 놈들이 수많은 기뢰를 뚫고 들어오지는 못할 것으로 보는데요."

"그건 모르죠."

"으음."

제론은 침음을 흘렸다.

지구에서 오랜 세월을 살아왔던 제론조차 저 정도로 많은 변이체가 뭉쳐 다니는 모습은 보지 못했다.

천 단위의 변이체 세력은 단순히 개인적인 무력으로 해결할 수 있는 수준이 아니다.

변이체 놈들이 서해안으로 내려오는 순간, 재앙이 될 것은 자명한 사실이었다.

그 많은 놈들이 내려오면 어디 무서워서 밖으로 나돌아 다닐 수나 있을까.

그 즉시 파밍은 중지될 것이다.

제론에게는 그게 가장 큰 재앙이었다.

치익.

제론은 무전기를 들었다.

지금 당장 무슨 일이 벌어지는 것은 아니었지만, 상당히 긴급한 상황이었다.

각 섬의 대표들이 모여야 한다.

"급한 일입니다. 간부들은 교량으로 모여 주시기 바랍니다."

-알겠습니다.

-바로 가죠.

간부들은 굳이 묻고 따지지 않았다.

제론 역시 지금껏 섬의 자율성을 해치지 않았다.

최소한의 개입만 했을 뿐, 섬의 운영에 대해서는 간섭할 이유가 없었던 것이다.

그런 제론이 명령에 가까운 어조를 냈다는 자체가 정말 긴급한 사안이라는 뜻이다.

채 15분이 지나지 않아 5개 섬의 대표들이 모두 모였다.

각 섬을 이끌어 나갔던 사람들이며, 비서 역할을 했던 사람까지 합쳐 총 10명이었다.

"제론 님! 급한 일이라니요?"

"이들과 전쟁이라도 났습니까?"

"일단 동영상을 보고 이야기하시죠."

상황을 설명하려면 증거 영상이 있어야 한다.

의심과 모략이 넘쳐나는 세상에서 증거만큼 확실한 설득 근거도 없었다.

모두의 눈이 노트북으로 향했다.

영상은 아까 본 그대로였다.

천 단위의 변이체가 군대화된 모습.

그들은 단체로 움직이며, 주변의 모든 것을 쓸어버렸다.

생존자는 물론이고 동족 포식까지 했다.

오직 강한 놈만 살아남아 합류하였으므로 세력은 더욱 강력해질 것이다.

"허!"

"이런 말도 안 되는!"

영상을 본 사람들은 충격에 빠졌다.

제론이 느꼈던 감정보다 더 심각할 것이다.

저만한 군대가 내려오면 원산도에서 나갈 수가 없어진다.

무엇보다, 섬이 안전할 것이라는 보장도 없었다.

인간 수준의 지성을 가진 놈들이라면 배를 타고 넘어오더라도 이상한 일이 아닌 것이다.

더 심각한 문제는 그들이 본격적으로 과학 문명을 이용하기 시작할 때였다.

이승훈이 식은땀을 한번 닦아 내고는 말했다.

"제 생각이 좀 과할지도 모르겠습니다만, 저 많은 변이체들이 군대화되어 어선이라도 타는 날에는 재앙입니다. 배가 침몰되어도 헤엄을 쳐서 건너오지 않을까요?"

"가정할 수 있는 최악의 상황이 바로 그거죠."

웅성웅성.

온갖 좋지 않은 가정이 나돌았다.

그제야 사람들은 서울 연합에서 왜 그렇게 제론은 찾았는지 알 수 있었다.

그들에게 있어 제론은 그야말로 희망의 아이콘이었다.

적들을 사냥할 수 있는 수단을 지니고 있었으니까.

백시경이 사람들을 바라보며 말했다.

"동맹을 제안합니다."

"동맹이라."

"지금 당장은 괜찮겠지만, 놈들은 언제고 서해안으로 넘어옵니다. 그건 확신할 수 있지요."

"북쪽으로 갈 수도 있지 않을까요?"

"그럴 가능성은 높지 않을 겁니다."

백시경의 말이 맞다.

놈들이 북쪽으로 향하면 다행이겠지만, 한강을 건너갈

것 같지는 않았다.

한강 다리들은 이미 다 폭파되어 있었다.

그 넓은 강을 건너가는 것이 어디 쉬울까.

그럴 바에야 한반도 남쪽을 휩쓰는 편이 낫다.

제론이 변이체 수장이라고 해도 그런 판단을 내릴 것이다.

"제론 님은 어찌 생각하십니까?"

"저요?"

"제론 님의 판단이 필요한 때인 것 같네요."

간부들은 고개를 끄덕였다.

섬의 운영 문제는 내부에서 알아서 한다지만, 안전에 대해서는 제론이 전문가였다.

또한 제론이 가장 강력한 무력을 지니고 있기도 했다.

이 부분은 제론이 관여하는 것이 맞다.

"갑자기 나타난 서울 연합과 손을 잡는 문제는 쉽게 결정할 일이 아닙니다. 평소였다면 좀 더 지켜보면서 판단을 보류했겠죠. 다들 경험이 있으니 아실 겁니다."

사람들은 고개를 끄덕였다.

제론은 살아 온 세월만큼이나 의심이 많은 사람이었다.

더불어 카렌 대륙의 정치판을 경험하면서 좀 더 신중해졌다.

서해안 연맹이 결성되기까지도 마찬가지였다.

거래를 트고 지켜보면서 신뢰를 쌓았다.

하지만 지금은 느긋하게 신뢰를 쌓을 때가 아니었다.

서울 연합의 인원은 500명에 이른다.

척박한 환경 속에서 지금까지 살아남았다면, 나름 변이체를 상대하는 노하우도 가지고 있을 터였다.

서해안 연맹의 인원은 300명가량.

두 세력이 힘을 합치면 대규모 전쟁도 가능해질 것이다.

언제 거대 변이체 세력이 올지 몰랐으므로 곧바로 협력 관계를 구축하는 것만이 답이었다.

"문제는 우리가 신뢰를 쌓을 시간이 없다는 겁니다. 이런 때에는 상황을 믿어야 합니다."

"지당하신 말씀이네요."

"당장의 변이체가 문제인 것이죠."

"미리 계획을 세워 두고 놈들이 서해안으로 내려오려는 조짐을 보이면, 그때 바로 협력해야 합니다. 그 전까지는 따로 움직여야죠."

이것이 최종 결론이었다.

군사 동맹은 체결하지만, 어디까지나 대규모 침공이 있을 때에 한정한다.

신뢰 관계가 구축되기 전이었으므로 신뢰가 쌓일 때까지는 본격적인 교류는 제한하자는 것이다.

양측은 제론의 말에 동의했다.

간부들은 백시경과 악수를 나누었다.

"잘 부탁드립니다."

"저야말로 잘 부탁드립니다."

그렇게 서해안 연맹과 서울 연합의 조금 불편한 동맹이 결성되었다.

동맹이 체결됐다고 자신이 가진 모든 것을 바로 까발리는 것은 어리석은 짓이다.

이 순간에도 양측은 서로를 의심했다.

의심병 때문이 아니라 멸망한 지구에서 살아가려면 갖추어야 하는 기본 소양(?)이었다.

신뢰란 쌓아 가는 것이니, 바로 상대방을 믿을 수는 없다.

'총질을 하지 않게 된 것만도 다행이지.'

제론은 잘된 일이라고 생각했다.

공통의 적을 두고 있다는 것이 이래서 좋았다.

다른 마음을 품고 있다고 해도 변이체 집단이라는 적이 있으니, 공통분모가 됐고 어쩔 수 없이 협력해야 하기에 적이 처리될 때까지는 허튼짓을 하지 못한다.

일종의 강제적인 신뢰가 구축된 것이다.

'정말 최악의 경우에는 섬사람들을 카렌 대륙으로 옮기면 된다. 그리고 새로운 보금자리를 마련한 후에 데려오면

되지.'

그렇게 생각하자 마음이 한결 편해졌다.

제론은 간부들을 돌려보내고 백시경과 다시 독대했다.

"다들 좋으신 분 같군요."

"그래 보였습니까?"

"지금과 같은 시대에 바로 총질을 하지 않는 것만 해도 좋은 사람들이죠."

"……."

살벌한 말 같았지만, 지구에서는 비일비재한 일이었다.

제론은 한숨을 내쉬며 화제를 전환했다.

지금 와서 지구의 좋지 않은 이면을 토론한다는 건 막 시작한 관계에 좋을 것이 하나 없었다.

"서울 연합의 인원이 500명이나 된다면 하루에 먹어 치우는 양도 어마어마하겠습니다."

"후우, 사실은 그게 가장 큰 문제인지도 모르겠습니다."

만성적인 식량 부족.

지구 어디를 가더라도 먹을 것이 없어 굶어 죽는 경우는 흔했다.

서울 연합의 인구는 지속적으로 감소하는 추세라고 했다.

자원은 한정되어 있고, 사람이 먹는 양은 같으니 어쩔 수가 없는 일이다.

그나마 지금은 극단적으로 배식의 양을 줄여 버티는 중이라고 했다.

"잘 먹어야죠. 그래야 힘을 쓸 것 아닙니까?"

"현실적으로는 불가능한 일이죠."

"앞으로 식량 걱정은 하지 않도록 만들어 드리죠."

"예?"

"제가 원하는 물건을 구해다 주시면 식량을 드리겠다는 말입니다."

"그, 그게 가능합니까?"

"가능합니다. 저는 마법사거든요."

"……!"

백시경이 자리에서 벌떡 일어났다.

식량을 제공한다?

대가가 있겠지만 아사자가 발생하고 있는 서울 연합의 입장에서는 그보다 중요한 일은 없었다.

식량이 어디에서 나오는지도 설명할 필요가 없어 편했다.

지구인들이 마법에 대해 뭘 알까.

대충 둘러대면 그뿐이었다.

"제가 요구하는 품목입니다."

제론은 종이 한 장을 내밀었다.

[정비된 차량, 중장비.]
[서산 공업 단지의 기계.]
[각종 부품.]
[지구에서 생산된 물건 중 쓸 만한 모든 것.]

"허."
"무게가 나가는 중장비는 5톤에 식량 50kg을 제공하겠습니다. 다만 정비가 되어 있어야 하죠. 기계나 여러 부품들은 단가가 더 나갑니다."
"세상에 널린 것이 중장비와 차량 아닙니까?"
"제게는 필요한 물건이거든요."
백시경의 몸이 떨렸다.
중장비는 무게가 많이 나간다.
말이 5톤이지 중장비의 무게는 보통 그 이상이었다.
수리가 되어 있어야 한다는 전제가 붙었지만, 서울 연합과 같은 큰 세력이 수리공 하나 없다는 건 말이 되지 않았다.
탱크까지 지니고 있는 세력이었으니, 차량이나 중장비 정도는 어렵지 않게 구해 올 것이다.
"정말 이 정도 구하는 것만으로 이 많은 식량을 얻을 수 있습니까?"
"거래라고 생각하세요. 먼저 식량 100kg과 부식을 제공

하겠습니다."

"바로 시행하겠습니다!"

백시경은 자리에서 일어났다.

그들이 생각하기에 제론이 요구하는 물건을 구하는 것은 그리 어렵지 않았다.

백시경이 돌아간 후, 원산대교 한복판에 교역소가 설치되었다.

서울 연합과는 군사 동맹이 체결됨으로써 적대할 필요가 없어졌다.

그들이 파밍하는 무거운 기계류는 직접 옮길 필요 없이 제론이 다니면서 수거하면 된다.

여기서는 가벼운 물건만 교역하게 될 것이다.

'아주 바람직한 관계가 형성됐군.'

변이체 세력이 등장했다는 것은 좀 충격이었지만, 그로 인해 서울 연합과 별다른 무리 없이 우호 세력이 됐다.

단, 여기서 말하는 우호 세력이란 서로 총질만 하지 않는다는 것뿐이지, 정말로 믿는다는 의미는 아니었다.

교역소에 차량이 도착해 쌀 10kg들이 10개를 내려놓았다.

아이스박스 몇 개도 쌓아 놓았다.

그 안에는 각종 해산물과 신선한 야채들이 부식으로 준

비되어 있었다.

멀리서 그 광경을 지켜보고 있던 서울 연합 사람들은 매우 놀란 얼굴이었다.

약속한 중장비가 도착하지도 않았는데, 이 많은 식량을 먼저 주니 이해할 수가 없었던 것이다.

멸망한 지구에서의 호의란 존재하지 않는다.

선지급이라는 개념 자체가 사라진 세상 아니던가.

제론을 쫓아온 이한설이 경계하는 서울 연합 사람들을 바라보며 웃었다.

"옛날 생각이 나네요."

"그러게요."

"제론 님께서는 신뢰란 먼저 주는 것이라고 하셨죠. 서울 연합과의 관계가 이걸로 개선되어야 할 텐데요."

"두고 봅시다. 저들이 어떤 사람들인지는 차차 알아가도록 하죠."

사실, 제론은 서울 연합 사람들이 약탈자만 아니라면 별로 개의치 않았다.

순식간에 노동력이 두 배 이상 폭증하였으니, 그것만으로도 엄청난 수확인 것이다.

서울 연합 본부, 당진 시청.

백시경은 초조한 마음으로 식량을 기다리고 있었다.

현재 서울 연합의 배식은 반으로 줄어든 상태다.

지속적으로 배식을 줄이던 상태에서 또다시 줄인 것이었기에, 며칠에 한 번씩 아사자가 생겼다.

그나마 날이 풀려서 다행이다.

추운 날씨에 끼니까지 챙겨 먹지 못한다면 최악의 상황이 발생했을 것이다.

"그들이 정말로 선지급을 할까?"

"저도 믿기 힘든 이야기네요."

홍세영 비서는 지금까지의 경험에 비추어 대답했다.

이 세상에 인심이라는 것이 남아 있기는 한가?

자신이 가진 것을 나눈다는 것은 곧 자신의 생명을 나누어 준다는 뜻이다.

삶이 풍족했던 시절이나 찾아볼 수 있는 것이 인심이었다.

특히 시골 인심이라고 해서 여행자에게 음식을 나누는 경우도 흔했다.

하지만 여긴 멸망한 세상이기에, 한 끼를 먹기 위해 목숨을 걸어야 한다.

죽음의 고비를 넘기면서 얻은 식량을 나눈다는 것은 있을 수가 없는 일이다.

거래 관계도 마찬가지였다.

그 끊임없는 의심은 사람의 마음이 문제가 아니라 빌어

먹을 세상이 문제였다.

그럼에도 제론 페로우는 식량을 선지급하겠다고 말했다.

[신뢰란 쌓아 가는 것이죠. 먼저 식량을 드리겠습니다.]
[그래도 문제없겠습니까?]
[첫 단추가 중요한 법이죠. 누군가는 그 첫 단추를 끼워야 하는 것 아니겠습니까?]

제론 페로우의 사고방식은 멸망하기 전 지구인들이 가지고 있던 생각과 비슷했다.

그때에는 먼저 신뢰를 보여 주는 행위가 가능했다.

백시경은 그 자신감의 발로가 실력 때문이라고 여겼다.

"우리가 약속을 지키지 않으면 복수할 수 있다는 자신감이 기저에 깔린 건지도."

"그럴지도 모르죠."

서울 연합 사람들은 제론 페로우가 어떤 존재인지 잘 알고 있었다.

마법을 사용하는 괴물이며, 동시에 검으로 그 단단한 가죽을 갈라 버리기도 했다.

그런 말도 안 되는 실력을 갖추고 있었기에 자비를 베풀 수 있는 것이다.

백시경은 복잡하게 생각하지 않기로 했다.

치익.

드디어 기다리던 무전이 왔다.

-연합장님! 서해안 연맹 측에서 식량 100kg과 여러 부식을 보냈습니다.

"정말입니까?"

-예! 지금 본부로 복귀하는 중입니다!

"바로 오세요."

백시경과 홍세영은 서로의 얼굴을 바라봤다.

과연 이게 가능한 일인가?

서울 연합은 지금껏 생존하기 위해 치혈한 삶을 살아왔다.

그리고 지금껏 그 누구도 이런 호의를 베풀어 주지 않았다.

오직 각자도생의 삶일 뿐이었다.

제론 페로우의 호의가 오히려 이질적인 느낌까지 들었다.

"정말 식량을 마법으로 만들어 내나?"

"그럴 리가요?"

"만약 그렇다고 치면."

"그분은 지구의 구원자가 되는 거겠죠."

"사람들이 조금 친절해지겠군."

백시경은 성선설을 믿는 사람이었다.

인간은 원래 착하게 태어났으나 주변 환경이 악하게 만드는 것이라고.

제론 페로우와 같은 사람이 등장한다면 예전과 같은 삶으로 돌아가는 것도 충분히 가능해질 것이다.

당진 시청 식당.

본부를 경계하는 필수 인원을 제외하면 모두 식당에 모였다.

서울 연합 사람들은 경건한 마음으로 배식을 기다렸다.

미음을 끓이는 냄새와는 차원이 다른 향기가 식당을 지배했다.

꼬르륵!

백시경은 자신의 배 속에서 요란한 소리가 나는 것을 들었다.

식량이 이렇게 부족한 판국에 연합장이라고 해서 제대로 식사할 수 있는 것은 아니다.

쌀밥을 언제 먹어 봤는지 기억조차 가물가물했다.

조리실의 압력솥에서 김이 빠지는 소리가 들렸다.

고소한 냄새가 더욱 짙어졌다.

서해안 연맹에서 서비스로 챙겨 준 부식들이 조리됐다.

오늘은 밥과 반찬을 아끼지 않기로 했다.

제론 페로우의 말이 사실이라면, 거리에 널려 있는 기계류를 파밍해서 바로 식량으로 바꾸어 올 수 있다는 소리가 됐기 때문이다.

드디어 배식구가 열렸다.

"식사하세요!"

사람들이 하나둘 식판을 들고 섰다.

배식 담당자들은 식판에 밥을 가득 채워 주었다.

반찬은 한 가지로, 고기와 야채를 볶은 것이 전부였다.

그래도 매운탕까지 갖춘 한식이었다.

다소 부실해 보이는 식단이었지만, 서울 연합 사람들에게는 무엇보다 진귀한 음식으로 보였다.

다들 눈물을 흘리며 식사에 임했다.

영양을 고려한 것인지 잡곡이 섞여 있었다.

현대인들은 흰 쌀밥보다 잡곡이 섞여 있는 밥이 더 영양가 있다는 사실을 잘 알고 있었다.

콩과 보리, 흑미에 이르기까지.

"밥에서 이렇게 단맛이 났었나······."

백시경은 수저로 밥을 퍼서 한가득 입에 넣고 음미했다.

온몸의 세포들이 일제히 깨어나며 미친 듯이 아우성을 쳤다.

밥을 목구멍으로 넘기자 뇌세포가 살아나는 느낌마저 들었다.

고기는 신선했다.

매운탕은 얼큰했으며, 배가 부를 만큼 충분한 양이었다.

모두가 식사를 끝냈을 때, 백시경은 마법사와의 거래 내용을 발표했다.

"이건 서해안 연맹의 수장인 마법사가 호의를 베푼 식탁입니다. 길거리에 널브러져 있는 기계류와 장비들을 파밍해 오면 식량으로 바꾸어 준답니다."

"……!"

"다만 정비가 필요하겠죠."

웅성웅성.

사람들은 이해할 수가 없다는 표정이었다.

도대체 식량은 어디에서 수급하는가?

무엇보다 그 많은 장비가 왜 필요하다는 말인지 이해할 수가 없었다.

"공장 단지에서 기계를 파밍하고 고쳐 오면 프리미엄을 붙여 준다고 하더군요. 일만 열심히 하면 매일같이 쌀밥을 먹을 수 있다는 뜻이죠."

"바로 일을 하러 가야겠습니다!"

"맞습니다!"

누구도 마법사와 싸우자는 말은 하지 않아 다행이었다.

사람들도 알고 있는 것이다.

천 마리가 넘어가는 변이체 세력이 한반도 어딘가를 휩쓸고 있기에 마법사가 필요하다는 사실을.

그런 세력이 또 나오지 말라는 법은 없었다.

처음에는 그 때문에 마법사와 손을 잡기로 합의된 것이었다.

"마법사는 식량을 마법으로 생산하는 모양입니다. 그 양에 제한은 없다고 하니, 열심히만 한다면 굶는 일은 없겠죠."

"바로 가겠습니다!"

"갑시다!"

배를 든든하게 채운 사람들은 자리에서 일어났다.

매일 굶주림에 시달리다가 기적을 맞이했다.

제론 페로우라는 마법사가 호의를 베푼다면 이쪽에서도 그만한 대가를 지불해야 했다.


원산도 상황실.

현재 원산도가 가장 신경 쓰는 부분은 섬의 안전이었다.

평화로운 나날들 속에서도 경계를 게을리하지 않았는데, 변이체가 집단 사회를 이루었다는 말을 들었으니 가만히 있을 수가 없었다.

이건 단순한 소문이 아니다.

서울 연합은 증거를 들이밀었고, 상황실에서는 가용할 수 있는 모든 드론을 띄웠다.

혹시라도 변이체 무리가 접근하지는 않는지 확인을 하기

위해서였다.

상황실에 설치된 12대의 모니터에는 모든 불이 들어와 있었다.

꼼꼼하게 근처를 정찰해 정보를 송출하고 있는 것이다.

총지휘는 이한설이 했다.

"아직은 문제가 없는 것 같아요."

"변이체 집단의 모습은 잡혔습니까?"

"무리예요. 드론이 멀리까지는 갈 수가 없거든요."

"정찰을 하려면 헬기를 타야겠군요."

"그렇죠."

제론은 가능하면 놈들이 어떤 식으로 이동하는지 알고 싶어 했다.

간단한 방법이 없을까?

"위치 추적 장치를 붙이는 건 어떨까요?"

"가능하겠습니까?"

"놈들은 2차 변이체들도 끌고 다니죠. 멀리서 석궁을 쏘면 칩을 심을 수 있을 것 같기도 한데."

"위험해 보입니다."

"그럼 놈들이 지나가는 길에 있는 2차 변이체를 잡아다가 칩을 심는 건 어떨까요?"

"그건 고려해 볼 수 있겠군요."

"놈들을 발견하면 이동 경로로 부대를 파견해 심도록 하죠."

"중요한 일이니 부탁드립니다."

"걱정 마세요."

변이체가 회차를 거듭하며 진화하였으나, 무기가 진보한 것은 인간도 마찬가지였다.

만약 인류가 변이체의 존재를 미리 감지하고 무기를 개발해 두었다면, 지구가 멸망하는 참사도 벌어지지 않았을 것이다.

그만큼 군인이 사용하는 무기들은 변이체를 잡는데 특화되어 있었다.

현재 서울 연합과 기술 제휴가 추진되고 있는 중이었으니, 조만간 변이체를 잡는 무기는 더욱 발전할 것이다.

드론은 근처의 모든 지역을 쏘다녔다.

안전한 서산이라고 해도 예외가 될 수는 없었다.

그러다 보니 서울 연합의 움직임도 드론에 잡혔다.

서울 연합은 서산 공장 단지로 30명이 넘는 인원을 파견했다.

단지에서 내린 사람들이 바로 파밍에 들어갔다.

"저들도 일을 하는 것이 식량을 얻을 수 있는 가장 간편한 일이라는 사실을 깨달은 모양이네요."

이한설의 말에 제론은 어깨를 으쓱였다.

애초에 이것이 목적이었다.

저만한 세력과 친분을 맺는다는 것은 영지의 산업화와 직접적인 관계가 있었다.

필수 인원을 제외하고 모조리 파밍을 하고 있었으니, 페로우 영지의 산업화는 더욱 빨라질 것이다.

부아아앙!

제론은 고성능 SUV 차량을 타고 서산 시내를 가로질렀다.

다른 지역은 몰라도 서산에는 변이체가 존재하지 않는다.

5차 진화체의 피를 곳곳에 뿌려 놓았기에 시내로는 얼씬할 수가 없는 것이다.

도로는 시원하게 뚫려 있었으며, 장애물조차 전혀 없었다.

저 멀리 공장 단지 너머로 해가 떨어지고 있었다.

제론은 간만에 공장 단지를 직접 찾아왔다.

달칵.

차에서 내리자 공터에 쌓아 놓은 기계들이 보였다.

공장 내부에서 기계를 분해하고, 공터에서는 기술자들이 부품들을 재생했다.

서울 연합은 아예 작정하고 일을 하는지 용접기를 비롯한 여러 장비들을 가지고 와서 직접 기계를 고치는 중이었다.

한쪽에는 재생이 완료된 기계들이 보였다.

'어떤 면에서는 페로우 영지 기술자보다 나은 면도 있다.'

놀라운 기술력이었다.

몇 개의 장비들은 정말 새것처럼 재생이 끝나 있었다.

그중 가장 눈에 띄는 장비가 있었다.

"3D 프린터!?"

제론이 눈을 반짝였다.

금속 3D 프린터는 아니지만 쓸모가 많은 물건이었다.

플라스틱 3D 프린터라고 해도 여러 정교한 부품을 생산할 수 있었다.

도저히 사람이 만들 수 없을 정도로 정교한 부품도 3D 프린터를 이용하면 간단하게 생산할 수 있는 것이다.

페로우 영지에도 몇 번이나 고치려다 실패한 전적이 있었다.

3D 프린터가 도입되면 공학이 급진적으로 발전할 것은 자명한 사실이 아닌가.

제론이 놀람을 거듭하고 있을 때, 남자의 목소리가 들렸다.

"오셨군요?"

공장 단지 파밍은 백시경이 지휘하고 있었다.

지금 보니 몇 가지 장비들은 직접 재생을 하고 있는 중이었다.

"3D 프린터를 재생시키다니, 대단한 기술입니다."

"세상이 망하기 전에는 기계를 수리하는 일을 했었거든요."

"그래요?"

"이제 쓸모없는 기술이라고 생각했는데, 도움이 되어 다행입니다."

백시경은 서울 연합의 연합장이지만 공학 박사이기도 했다.

기계를 수리하는 일을 했다는데, 결코 일반 기술자의 솜씨가 아니었다.

기계의 원리를 파악하고 직접 개발하는 수준이 아니라면 불가능한 일이다.

'어쩌면 서울 연합과 손을 잡은 것이 최고의 선택이었을지도.'

이들이 약속을 지켰으니, 제론도 약속을 지켜야 한다.

제론은 차량의 트렁크를 열어 한쪽에 식량을 쌓았다.

김치와 고추장은 덤이었다.

사람들이 음식 주변으로 몰려들었다.

"김치……?"

"지금과 같은 시대에 김치를 만들 수 있나?"

"갓 담은 것 같은데?"

침을 꼴깍 삼키는 소리가 여기저기서 들렸다.

제론은 이 자리에서 새로운 조항을 발표했다.

"3D 프린터와 같은 정밀 기계를 파밍해 완전히 재생시켜 주신다면, 30%의 프리미엄을 더 붙이겠습니다."

"……!"

사람들의 눈동자에 열망이 일렁거렸다.

제론은 그런 열망을 '희망'으로 분석했다.

제8장
페로우 영지의 대전략

지난 보름 동안 제론은 지구와 카렌 대륙을 오가며 어마어마한 거래량을 기록했다.
 거래의 대부분은 서울 연합이 차지했다.
 지금껏 그들은 만성적인 식량 부족에 시달리고 있었다. 아사자가 발생하고 있었던 만큼 제론과의 거래가 생명 줄이라는 것을 인식한 것이다.
 3일 전에는 백시경이 찾아와 서산으로 거처를 옮겼으면 한다는 의사를 타진했다.

 [저희 거처를 서산으로 옮겨도 될까요?]
 [그걸 왜 제게 묻습니까?]
 [귀하가 서산을 안전하게 만들었으니까요.]

[저는 상관없습니다. 이사하시죠.]
[감사합니다. 앞으로 더 열심히 하겠습니다!]

 제론의 허락을 받은 서울 연합은 대대적인 이사를 감행했다.
 가로막는 변이체들은 모조리 정리하면서 내려와 서산 시청에 자리 잡았다.
 안전한 서산에 자리 잡은 서울 연합은 정말 개미처럼 일했다.
 제론이 서산 공업 단지의 기계들을 원한다는 걸 인지한 이후에는 아예 단지 전체를 해체할 것처럼 물건을 실어 날랐다.
 그 덕분에 제론 역시 많은 식량을 공급해야 했지만, 그들이 보내오는 물량에 비하면 아무것도 아니었다.
 서산 공업 단지에서 가장 가치가 높은 물건은 단연 3D 프린터였다.
 플라스틱을 사용하는 프린터였지만, 이것만으로도 공업은 큰 발전을 이룩할 터다.
 강씨는 어마어마한 물량에 기겁하면서도 약간의 아쉬움을 드러냈다.
 "금속 프린터가 있으면 좋을 텐데 말이야."
 "금속 3D 프린터 말인가?"

"아무래도 플라스틱은 한계가 있지. 대형 금속 프린터가 있으면 많은 도움이 될 거야. 웬만한 부품은 디자인해서 뽑아내면 되니까."

"금속 프린터를 사용하려면 파우더가 있어야 한다고 들었는데."

"그건 걱정 말게. 지금도 금속 파우더를 만들 수 있는 기술은 있어."

"그렇다면 바로 찾아보도록 하지."

서산에도 금속 프린터는 있을 것이다.

지금까지도 몇 개 발견하기는 했었지만, 레이저 부분이 망가져 있는 바람에 쓸모가 없었다.

물론 연구소에서는 레이저 장비를 수리하기 위해 연구 중이기는 했다.

"그 밖에 건축 프린터가 있으면 좋을 것 같은데."

"건축 프린터?"

"자네도 들어 봤을 거야."

지구가 멸망하기 전, 해외에서 발명된 건축 프린터가 한국에도 상륙했다는 말은 들었다.

재료만 넣으면 뚝딱 건축이 된다는 획기적인 발명품이었지만, 내구성이 검증되지 않아 한국에는 수요가 많지 않았다.

하지만 그게 카렌 대륙으로 넘어오면 어떻게 될까?

건축 3D 프린터로 뽑아낸 집의 내구성이 약하다는 편견이 있어 한국에서는 많이 사용되지 않았지만, 카렌 대륙에서는 그보다 튼튼한 집이 드물었다.

3D 프린터로 주택이나 건물을 쭉쭉 뽑아낼 수 있다면? 도시를 뚝딱 짓는 것도 어려운 일은 아니다.

"한 번 찾아보기는 하지. 하지만 너무 기대는 말게."

"물론이지. 한국에서 건축 프린터를 찾기는 힘들 거야."

일단은 파밍란에 적어 두기로 했다.

건축 프린터가 흔한 장비는 아니었지만, 포상금을 걸어 두면 서울 연합에서 눈에 불을 켜고 찾아다닐 것이다.

공방을 돌아다니며 그 발전상을 눈에 담고 있던 제론은 가르시아 경의 방문을 받았다.

"주군! 국왕 폐하의 서신과 허가서가 도착했습니다!"

"벌써? 30분 내로 가지."

"바로 와 보셔야 할 것 같습니다. 하네스 백작께서 직접 가지고 오셨거든요."

"형님이 왜?"

"하네스 백작님이 심판관으로 발탁된 것 같아요."

"어쩔 수 없군."

일 처리가 매우 빨랐다.

이렇게까지 일이 빨리 처리됐다는 것은 국왕의 용태가 더욱 심각해졌다는 뜻도 됐다.

내전이 임박했다면 최대한 왕세자 파벌이 움직여 제론의 영토를 넓히려 할 테니까.

영지 귀빈관.
벌써 하네스 백작이 도착해 있었다.
항상 웃는 인상이던 하네스 백작의 표정이 왠지 심상치 않았다.
아무래도 제론의 예상이 맞는 모양이었다.
평소 같았다면 웃으면서 안부를 물었을 제론이지만, 오늘 만큼은 진중하게 백작을 대했다.
"오셨습니까, 형님."
"후, 자네의 표정을 보니 이미 짐작하고 있었던 모양이군."
"예, 몇 번이나 폐하의 용태에 대해 전해 들었으니까요. 이렇게 일이 빨리 처리됐다는 것과 형님께서 직접 오신 정황을 고려하면 폐하의 용태가 좋을 수는 없지요."
"거기까지 예상했나. 자네도 정치인이 다 됐군."
제론과 하네스 백작은 간단하게 차 한 잔씩을 마셨다.
이런 상황에서 술을 퍼마시는 것은 국왕에 대한 불충이었다.
독립을 생각하고 있는 제론이었으나, 아직까지는 아툰 왕국의 귀족이었으니 예의는 지켜야 했다.

하네스 백작은 찻잔을 내려놓고 더욱 심각한 표정을 지었다.

"왕국의 상황이 일촉즉발일세. 폐하께서 혼수상태에 빠지셨고, 더 이상은 일어나지 못하신다는 진단이 내려졌지. 곧 서거하실 것이야."

"그럼 바로 전쟁입니까?"

"아니지. 명분을 위해서라도 폐하의 장례식은 끝나야 해. 각 파벌이 내세우는 왕자가 있지 않나. 장례식 전에 내전을 터뜨리면 후레자식 소리를 듣기 딱 좋지."

"장례식이 끝나고 군대가 모이기까지 2개월은 걸리겠습니다."

"실질적인 전투가 일어나기까지는 그렇지."

제론의 머릿속으로 모든 상황이 그려졌다.

국왕은 쓰러져 움직일 수 없는 상태다.

영지전의 가결은 섭정이 된 왕세자의 직권으로 이루어졌다.

암묵적인 협의가 끝났기에 딱히 반발도 없었다고 한다.

또한 데우스 자작이 자신의 죄를 고백하는 서신을 써서 올렸기에 일사천리로 영지전이 가결되었다.

"속도가 생명이겠습니다."

"최소한 폐하께서 서거하시기 전에 영지전을 끝내야 하네. 할 수 있겠나?"

"가능합니다."

"그 이후 최대한 데우스 영지를 안정시키는데 주력하도록 하게. 그쪽에서도 병력을 뽑아내야 하니까."

"예, 형님."

"침울한 상황이지만 수도에서는 우리 파벌의 승리를 점치고 있네. 특히 자네에게 거는 기대가 커."

"제게요?"

"자네는 전쟁 영웅이 아닌가. 현자급 마법사이기도 하고. 이번에도 큰 활약을 해 줄 것이라고 믿네."

"최선을 다하겠습니다."

사실 제론은 아직 결정을 내리지 않았다.

내전에 참전해야 할지, 바바리안을 핑계로 상황을 지켜봐야 할지 말이다.

이 문제는 오랜 시간 고민했었다.

지금까지는 결정을 내리지 않고 있었지만, 이제는 결정을 내려야 할 때다.

"섭정께서 임명장까지 보내셨네."

"임명장이요?"

"자네가 패배하면 쓸모가 없는 것이겠지만, 승리할 것이지 않나?"

"그건 그렇죠."

"받게."

제론의 승리를 예측한 임명장이었다.
내용은 간단했다.

[데우스 영지를 페로우 영지에 귀속하는 것을 인정한다.]
[단, 영지전에서 패로우 백작이 승리할 경우에 한한다.]
[심판관은 하네스 백작으로 한다.]

서류를 모두 건넨 하네스 백작이 바로 자리에서 일어났다.
"벌써 가십니까?"
"내전을 준비해야지."
"아쉽군요."
"허허허, 회포는 전쟁이 끝나고 풀도록 하세. 자네는 바로 데우스 자작과 협의하여 영지전 날짜를 정하게. **빠르면 빠를수록 좋아.**"
"예, 형님."
평소 여유가 흘러넘치는 하네스 백작이었지만, 오늘만큼은 그런 모습을 찾아볼 수가 없었다.
그만큼 사건이 심각했기 때문이다.
내전에서 패배하면 패망이다.
승리하면 승자가 영광을 독식할 수 있었지만, 패배하는 순간 목이 날아갈 수밖에 없다.

내전은 외부의 전쟁과는 그 성격이 완전히 달랐다.

하네스 백작을 배웅한 제론은 집무실로 돌아왔다.

톡. 톡. 톡.

제론은 검지로 책상을 두드렸다.

깊은 생각에 빠져 있을 때 나오는 습관이었다.

이제는 결정을 내려야 했다.

"독립은 기정사실이다. 하지만 그게 내전이 시작되는 순간이나 도중이 될 수는 없지."

페로우 영지가 독립하기 위해서는 때를 잘 타야 한다.

내전이 결정된 상황에 제론이 바로 독립하려 한다면, 왕국 내부에서 모인 병력이 바로 페로우 영지로 향하게 된다.

내전은 아툰 왕국 내에서 벌어지는 다툼이지만, 제론이 독립을 해 버리면 왕국의 이름을 버리는 것이었으므로 영토를 되찾기 위해서도 세력들은 휴전을 할 수밖에 없었다.

그렇기에 내전이 끝나는 순간을 노려야 한다.

한참 동안 고민을 해도 무엇이 좋을지는 판단을 내릴 수가 없었다.

"가신들과 상의를 해 봐야 할 것 같군."

하네스 백작이 다녀간 후, 두 시간 만에 가신단 회의가 구성되었다.

'긴급'이라는 이름이 붙은 만큼 가신들의 표정은 매우

경직되어 있었다.

평소와는 전혀 다른 분위기였다.

직감적으로 가신들은 영지의 운명이 걸린 중요한 결정을 내려야 한다는 사실을 깨달았다.

제론은 가신들이 모인 자리에서 국왕의 죽음을 기정사실화했다.

"폐하께서 혼수상태에 빠지셨고, 서거가 얼마 남지 않았다는 진단이 나왔다."

"……!"

웅성웅성.

"역시."

"그런 날이 올 것이라고 예상은 했지만 벌써 이렇게 됐을 줄이야."

예상은 했다지만, 실제로 접하고 보니 사태가 꽤나 심각했다.

국왕의 서거와 동시에 내전이 시작된다는 사실은 누구나 알고 있었다.

그 때문에 각 제후들은 군대를 축소하지 않았던 것이다.

렌카이 백작이 각 지역을 돌며 군대의 축소를 장려하였으나, 이 상황에 왕실의 명령을 따를 귀족은 없었다.

특히, 렌카이 백작은 2왕자파와 4왕자파만 압박하였으므로 군을 축소하는 척하다가 다시 증강하는 모습을 보였다.

말로만 해 왔던 내전이 임박했다.

내부가 소란스러운 가운데 제론이 손을 들어 올렸다.

소란이 잦아들자 제론은 본론으로 넘어갔다.

"선택의 순간이 왔다. 우리는 내전에 참전할지 말아야 할지 결정해야 한다."

"당연히 참전해야 하지 않을까요?"

"이는 위기와 동시에 기회이기도 합니다."

카렌 대륙 출신의 가신들은 적극적으로 내전에 참전해야 한다고 말했다.

영토를 넓혀 승작해야 한다고.

이는 보편적으로 가질 수 있는 시각이었다.

하지만 지구인 출신은 달랐다.

"참전은 하되 1~2만 수준으로 병력을 제한해야 합니다. 영지에서 대규모로 군을 동원한다면 표적이 될 테니까요."

"맞습니다. 1만 정도의 병력만 동원해도 충분한 공을 세울 수 있어요."

지구인들은 내전 이후 독립 전쟁이 시작된다는 사실을 알았다.

이 때문에 병력을 최대한 보존하고, 1만의 병력만 동원하여 최대한의 공을 세우자고 말한 것이다.

군사 전문가인 백시아가 자리에서 일어났다.

"페로우 가문은 북부만 확실히 장악해도 큰 공이 아닌가 싶습니다. 내전이 터지는 순간, 남하하여 타 파벌의 영지를 흡수한다면 아군에 많은 도움이 되겠죠."

―그렇게 흡수한 영지는 바로 페로우 왕국의 영토가 될 것이고요.

백시아는 뒷말을 생략했다.

지구인 출신 가신들은 전부 백시아의 말에 동의했다.

카렌 대륙 출신 가신들은 생각에 잠겼다.

'백시아 경의 말에 어떠한 의도가 깔려 있나?'

'주군께서는 설마……'

분위기를 헤아려 보면 제론이 대충 어떤 의도를 가지고 있는지 파악할 수 있다.

그렇다고 '독립'을 입 밖에 꺼내는 어리석은 가신은 없었다.

제론의 의도를 조금이라도 파악했다면 백시아의 말은 매우 타당했다.

"백 대장님의 말씀에 동의합니다."

"그게 최선일 것 같군요."

제론 역시 그녀의 말을 듣고 나서야 명확해졌다.

"참전은 하되, 최소 1만. 최대 2만의 병력만 동원하며 왕국 북부를 페로우 영지의 완전한 세력권으로 만든다."

페로우 영지의 대전략이 수립되었다.

봉건제 사회에서 반역을 하자는 말은 함부로 내뱉을 수 없다.

귀족의 탄생이 국왕과의 봉신 계약으로 체결되기에 역심을 품는 순간, 그 권리가 박탈되는 것이기 때문이다.

독립 전쟁에서 승리한다면 새 왕조가 탄생하지만, 실패하면 모든 것을 잃는다.

제론은 대충 돌아가는 분위기를 파악하고 있었다.

'내 휘하 가신 중에 배신자가 있을 것이라는 생각은 들지 않지만, 그래도 혹시 모르는 일이지.'

제론이 내부 배신자가 없다고 확신하는 이유는 지금껏 바바리안 병력에 대한 이야기가 밖으로 새어 나가지 않았기 때문이다.

바바리안도 의외로 소문을 퍼뜨리지 않고 잠잠했으며, 가신들 사이에서는 더욱 기밀이 철저하게 유지되었다.

이런 분위기만 보아도 내부 고발자는 없어 보이지만, 그래도 반역을 하자는 이야기를 대놓고 하기에는 리스크가 너무 컸다.

꼭 가신들만 조심해서 될 일이 아니다.

영주성에는 많은 시종과 시녀들도 있었다.

상인들도 많이 오갔기에 소문이 퍼지기 시작하면 걷잡을 수 없어지는 것이다.

그렇기에 '독립 전쟁'을 암묵적으로 깔고 상의해야 한다.

"가르시아 경, 시종들과 시녀들은 아래층으로 물리도록."

"예, 주군!"

회의가 진행되고 있는 층은 말소되었다.

지금부터 하는 이야기가 외부로 퍼지면 결코 좋은 꼴을 볼 수 없었기 때문이다.

그럼에도 반역에 대한 언급은 하지 않는다.

"현재 외부로 투사한 병력이 얼마나 되나?"

"약 10만입니다."

"전부 숙련된 자들인가?"

"그건 아닙니다. 바바리안 병력은 숙련되었을지도 모르겠지만, 여전히 신병 훈련이 진행되는 중입니다."

"그 10만이라는 수치는 영지 방어군을 제외한 수치겠지?"

"예."

바바리안 병력이 대략 7~8만이다.

여기에 제론은 영지군 3만을 목표로 군을 증강해 나가고 있었다.

말도 안 되는 비대칭 전력이지만, 바바리안이 유목민 비슷한 성향을 가지고 있기에 가능했다.

시간이 지나 정주민이 된 바바리안 병력은 줄어들겠지만, 지금 당장은 어마어마한 숫자의 병력을 동원할 수 있었다.

지구 역사의 유목민을 생각하면 편하다.

성인 남자는 모조리 병력으로 채용했던 저력을 생각하면 이해 못 할 일도 아니었다.

바바리안 인구를 제외한 페로우 영지의 인구는 50만.

사실 여기서 3만을 뽑는다는 것 역시 말도 안 되는 비대칭 전력이었다.

농업에 투자되는 인력을 공업과 군인으로 돌리기에 가능한 일인 것이다.

결국 이 정도 병력의 비율도 페로우 영지가 특수한 환경을 가졌기에 시도할 수 있었다.

"백시아 경."

"네, 영주님."

"신식 군대 1만 육성이 가능한가?"

"가능은 하지만 무기와 탄약이……."

"있다고 치고."

"그렇다면 가능합니다."

신식 군대의 육성에는 그리 오랜 시간이 걸리지 않는다.

총을 쏠 수 있는 수준이라면 며칠 만에도 만들 수 있었다.

사격 훈련을 통해 제대로 된 신식 군대를 만들려 한다면 한 달이면 가능할 것이다.

백시아 혼자라면 몰라도 조교 출신의 지구인도 많았으므

로 그들과 함께라면 중세와는 급이 다른 훈련으로 빠르게 병력을 뽑아낼 수 있었다.

짝짝!

제론은 손뼉을 쳐서 시선을 끌어모았다.

"지금부터 영지는 준전시 체제로 전환한다. 전쟁을 위해 물자를 조달하고 훈련에 매진하도록."

"예!"

제론은 회의를 마치고 병기청을 방문했다.

병기청은 연구소에 지어져 있었다.

방직기나 철강, 여러 산업 제품들은 공방에서 생산하지만, 무기와 관련된 공장은 전부 연구소와 붙어 있었다.

연구소는 기밀 유지를 최고의 가치로 여긴다.

그만큼 믿을 수 있는 인원만 이곳에서 일할 수 있었으며 임금 수준도 높았다.

병기청의 책임자는 강유정이다.

그녀의 휘하에 여러 연구원들이 있었지만, 아무래도 강유정 만큼 믿을 수 있는 사람이 적어 그녀를 책임자로 앉혀 놓았다.

"탄약은 충분하니?"

"탄약은 어떻게든 수량을 맞출 수 있을 것 같아요. 넉넉하지는 않더라도."

"그래?"

"최근 아저씨가 많은 장비와 물자를 들여오셨으니까요."

서울 연합에 대한 이야기였다.

그들과 협력할 수 있던 것은 천운이었다.

500명이나 되는 사람들이 밤잠을 줄여 가면서 일한 결과, 탄약에 필요한 물자는 대부분 채워진 상태다.

그럼에도 시간이 필요하긴 했지만, 앞으로 한 달이면 대량 생산 시스템을 갖출 수 있을 것이다.

문제는 무기 자체였다.

"K-2 소총이 최소한 1만 2천 자루는 필요한데."

"금속 프린터가 있으면 가능해요."

"그래, 금속 프린터."

공방에서도 그랬지만 병기청에서도 3D 금속 프린터를 요구하고 있었다.

금속 파우더는 공방에서 제작할 수 있다고 하니, 프린터를 구해 오기만 하면 주요 부품들을 생산할 수 있었기에 쭉쭉 무기를 뽑아낼 수 있다는 것이다.

새삼스럽지만 영지의 발전이 놀랍다.

"전에 가져온 금속 프린터는?"

"아직 수리하지 못하고 있어요. 레이저 장비를 수리하려면 초소형 부품이 필요한데, 이 역시 3D 프린터가 한 대는 있어야 만들죠."

"결국 제대로 된 프린터가 있어야 한다는 건데."
"그렇죠?"
"어떻게든 해 보마."
"가능하시겠어요?"
"서산에 없으면 타 지역에서라도 뒤져 봐야지."
"그렇다고 위험한 일은 하지 마시구요!"

제론은 어깨를 으쓱였다.

전쟁에 꼭 필요하다는데, 영주가 되어 손을 놓고 있을 수는 없다.

'카이스트나 대덕 연구 단지에서는 구할 수 있을 거야.'

대전은 수도권이 아니면서도 대한민국의 과학을 발전시키는 핵심 기지였다.

물론 수도권으로 올라가면 충분히 3D 프린터를 구할 수 있겠지만, 너무 위험했다.

잘못하면 군단급의 변이체와 마주칠 수도 있는 일이었고.

그에 비해 대전은 수도권보다 안전하면서도 과학 문명이 발달해 있는 파밍의 성지(?)였다.

지금까지는 대전에서 파밍할 생각은 하지 못하고 있었지만, 반드시 금속 프린터가 필요했기에 소방 헬기를 타고 가 볼 필요가 있었다.

"백 대장님과 다녀올 테니 걱정 말라고."

"휴……."

강유정도 대놓고 반대하지는 못했다.

영지가 독립하려면 신식 군대가 반드시 필요했다.

이를 위해 무기를 뽑아내기 위해서는 금속 프린터가 필요하다는 사실을 인지한 것이다.

"꼭 가셔야 한다면 조심해 주세요."

"걱정 말거라."

3D 프린터는 되도록 빨리 구할 수 있으면 좋다.

제론은 오늘 안에 계획을 세우기로 했다.

제론은 하루 종일 영지를 돌아다니며 점검하기에 바빴다.

내전이 기정사실화되면서 태도가 바뀐 것이다.

신병 훈련의 강도는 더욱 올라갔으며, 내부 결속을 위해 더 많은 자금을 푸는 등 많은 노력을 기울였다.

그리고 저녁.

데우스 영지로 보냈던 파발이 도착했다.

"자작에게서 연락이 왔습니다."

"내용은?"

"3일 후에 결행하자고요."

"3일이라."

가르시아 경의 말에 제론은 펜을 내려놓았다.

한꺼번에 할 일이 밀려들면서 바쁜 와중이었다.

그럼에도 영지전은 속행해야 한다.

국왕이 죽을 날을 받아 두고 있는 상태였기에, 가능하면 내전이 터지기 전에 영지전을 끝내고 데우스 영지를 흡수해야 하는 것이다.

그래야 장례식이 거행되는 와중에 데우스 영지를 안정시킬 것이기 때문이다.

"어떻게 할까요?"

"알겠다고 전해라."

"네!"

가르시아 경은 제론에게 경례를 붙이고 물러나려 했다.

제론이 집무실을 나가려는 가르시아에게 물었다.

"경."

"네?"

"내 의도가 궁금하지 않나."

"전혀요."

"왜 그렇지?"

"주군께 충성을 다하는 것이 기사의 사명이죠. 주군의 뜻에 개입하는 것이 아니라."

"오호, 네가 옳은 말을 할 때도 있구나?"

"이 가르시아, 주군께 충성하기로 맹세한 몸입니다. 당연한 일이죠."

"다른 기사들도 마찬가지겠지?"

"그럼요."

가르시아의 반응만 봐도 기사들은 제론의 내심을 짐작하고 있는 듯했다.

그 뜻을 헤아리더라도 제론의 결정에 개입하려 들지는 않았다.

군주가 결정을 내리면 명령을 수행하는 것이 기사라는 기사도 정신에 의거해서다.

물론 지금까지 제론이 그릇된 판단을 내리지 않았다는 점도 한몫을 할 것이다.

"고맙다."

"허험, 당연한 일을 고맙다고 하시니 이상하네요."

"가는 길에 백시아 경에게 내가 좀 보잔다고 전해라."

"예!"

가르시아는 다시 군례를 붙이고 물러났다.

역시 기사들의 충성심은 의심할 나위가 없다.

제임스 경도, 가르시아 경도 전부 제론의 뜻을 어느 정도 헤아리면서 명령을 충실하게 이행할 뿐이었다.

'상식적으로 10만 대군을 외부로 투사할 수 있는 힘이 생겼다면 독립하지 않는 것이 이상하긴 해.'

중세인들은 바보가 아니다.

오히려 지구인들보다 더욱 민감하게 지금의 상황을 인지

하고 있을 터였다.

단지 티를 내지 않을 뿐.

제론은 왕국을 세우고 난 후 지금까지 함께 고생한 기사들을 귀족으로 올려야겠다는 생각을 했다.

단, 신왕국은 완전한 봉건제가 아닐 것이다.

절대 왕정에 기반하여 왕국을 세워야 한다.

봉건제의 한계는 명확했으니까.

똑똑.

제론이 생각에 잠겨 있을 때, 백시아가 들어왔다.

"찾으셨어요?"

"잠깐 앉으시죠."

제론은 백시아에게 금속 프린터가 필요하다는 사실을 주지시켰다.

서산에도 금속 프린터가 있어 가져왔지만, 수리하는데 애를 먹고 있다고.

다른 부품도 아닌 레이저가 망가져 도저히 사용할 수가 없다고 설명했다.

멀쩡한 금속 프린터가 필요한 상황이었다.

"무기를 생산하려면 3D 금속 프린터가 필요하다는 뜻이군요."

"맞습니다."

"그걸 구하기 위해서는 카이스트나 대덕 연구 단지를 털어야 하는 것이고요."

"네."

촤악!

백시아가 대한민국 전도를 폈다.

카이스트는 유성구에 위치하고 있었고, 연구 단지는 대덕구에 붙어 있다.

잠깐 생각에 잠긴 백시아는 연구 단지보다는 대학교를 터는 것이 낫다고 말했다.

"아무래도 연구 단지에는 대규모 세력이 존재할 가능성이 있어요."

"대학교도 그렇지 않겠습니까?"

"초기에는 그랬을지도 모르지만, 지금은 아니죠. 대부분의 대학교 쉘터들은 물자 부족 때문에 시내로 나가게 되어 있으니까요."

사람이 많았다는 것은 그만큼 변이체들의 공격을 많이 받았다는 뜻이다.

연구 단지에도 3D 금속 프린터가 있겠지만, 망가져 있을 가능성이 높았다.

듣고 보니 그녀의 말이 틀리지 않았다.

백시아는 이 자리에서 즉각적으로 계획을 수립했다.

"카이스트 연구소 건물 옥상까지 이동한 후, 그곳에서 바로 연구실로 이동하는 것이 어떤가요?"

"그게 좋아 보입니다."

제론도 동조하며 세부 전략을 논의했다.

그러다 문득 백시아에게 아직 가자고 하지도 않았는데, 작전이 확정되었다는 사실을 깨달았다.

"그러고 보니 백 대장님께 제가 함께 가자고 부탁을 했던가요?"

"아니요."

"그런데 벌써 확정됐군요."

"제가 아니면 누가 가겠어요?"

백시아는 희미하게 미소를 지었다.

그녀는 페로우 영지가 어디까지 발전하는지 보고 싶었다.

그런 의미에서, 3D 금속 프린터가 당장 필요하다는 것에 충분히 동의했던 것이다.

제론의 입장에서도 금속 프린터는 빨리 구할수록 좋았다.

"영주님, 오늘 바로 출발하시는 것이 어떤가요?"

쇠뿔도 단김에 빼라고 했다.
 제론이 백시아에게 금속 프린터의 중요성을 어필한 순간, 결론은 정해져 있었다.
 무기를 생산하는데 금속 프린터는 필수 불가결한 물건이다.
 서산의 방산 업체들은 대부분의 기계 부품을 가지고 있었지만, 부식되거나 깨져서 못 쓰게 된 부품들이 꽤 많았다.
 그걸 제작하기 위해서는 반드시 금속 프린터가 필요한 것이다.
 소총에 들어가는 부품도 마찬가지다.
 국왕이 오늘 죽네, 내일 죽네 하는 마당이었으니 하루라도 빠르게 금속 프린터를 수급해 올 필요가 있었다.

인원의 구성은 심플했다.

제론과 백시아, 특수 부대원 둘.

여기에 헬기 조종사로 이승훈이 함께하게 될 것이다.

어둠이 깊게 내린 밤.

집무실로 백시아와 특수 요원들이 모였다.

군복과 각종 무기들로 무장하고 있는 이들은 위장 크림까지 발랐다.

사뭇 비장한 표정들이었다.

백시아 역시 위장을 철저하게 한 채로 집무실을 찾아왔다.

제론은 이들에게 임무의 위험성에 대해 다시 한번 설명했다.

"다들 아시겠지만, 카이스트에 어떤 괴물이 도사리고 있을지 알 수 없습니다. 목숨을 걸어야 하는 것은 물론, 잘못하면 빠져나올 수 없을지도 모르죠."

"저희들의 임무는 언제나 위험했죠. 수당만 넉넉하게 챙겨 주신다면 상관없습니다."

특수 요원들의 각오는 단단했다.

제론은 고개를 한 번 끄덕이고는 지도를 폈다.

"우리가 털어야 할 곳은 신소재 학과 연구실입니다. 신소재는 금속을 다루니 반드시 3D 프린터가 있겠죠. 그것도 전문적인 장비라고 예상됩니다."

"작전은 어찌 됩니까?"

"우선 헬기를 타고 대전으로 날아간 후 대학 주변을 정찰할 예정입니다. 진입을 해도 되겠다 싶으면 건물 옥상에 내려 진입하겠습니다."

"심플하면서도 어렵지 않은 작전이네요."

"최악의 상황이 오면 저와 함께 카렌 대륙으로 긴급 탈출하면 됩니다."

"예!"

"그럼 넘어갑시다."

제론은 차원의 문을 열었다.

카렌 대륙과는 다른 양식의 건물 안이었다.

지금까지 보아왔던 건물과는 달리 깔끔했는데, 원산도에서 제론이 은신처로 사용하는 건물이었다.

쿨렁!

일행은 차원을 넘어 지구에 도착했다.

이제 봄기운이 만연했다.

해가 뜬 지 시간이 좀 지난 오전이라 그런지, 추운 페로우 영지에 비하면 기온 차가 꽤 컸다.

대원들은 외투를 벗었다.

방검복을 입었지만, 최대한 몸을 가볍게 해야 한다.

언제 무슨 일이 벌어질지 몰랐으니까.

다들 소형 가방 하나씩을 멨다.

이는 혹시나 모를 사태에 대비하기 위함이었다.

급한 상황이 펼쳐지면 카렌 대륙으로 퇴각할 테지만, 혼자 고립될 가능성도 있었다.

그때를 대비해 이틀 치 식량만 휴대했다.

"이곳이 원산도군요."

백시아는 전에 방문한 적이 있었지만, 대원들로서는 처음이었다.

그들은 창밖에 펼쳐진 광경을 보며 감탄했다.

이곳은 원산도 시내였다.

정착민들이 시내를 깨끗하게 청소하고 있었으므로 지구가 멸망하기 전의 모습이 언뜻 비쳐졌다.

자세히 보면 핏자국도 있었고, 망가진 건물들이었지만 시신이 즐비하지 않은 것만 해도 옛 추억을 끄집어내기에 충분했다.

원산도에서는 경계를 심하게 할 필요가 없었다.

일행은 시내로 나와 문명이 건설되고 있는 쉘터로 향했다.

높게 치솟은 성벽은 견고했으며, 작정하고 전쟁을 벌이려 하지 않는 이상, 원산도 쉘터를 뚫을 수 있는 방법은 없어 보였다.

"이곳이 바로."

"예, 신문명이 시작되는 곳이죠."

"대단하군요."

대원들은 연신 감탄했다.

성벽에서 근무를 하던 근무자들이 제론의 얼굴을 확인한 후 성문을 열었다.

쿠구구궁!

육중한 성문이 열리자 발전하고 있는 문명이 보였다.

어느덧 주택은 수리가 끝나 있었으며, 아이들이 뛰어놀았다.

생명이 만연하고 있는 문명이었다.

지구에 문제가 없는 건 아니었지만, 원산도가 신문명으로 거듭나는 것은 시간문제였다.

제론은 주민들과 인사하기에 바빴다.

한창 정원 공사에 매진하고 있던 이승훈도 마찬가지였다.

그는 신문명의 책임자였지만, 자유를 중시하는 문명의 특성상 위험한 일이 발생하지 않는 이상 사람들의 삶에 깊게 개입하지 않았다.

꽤 안전한 땅이었기에 이승훈에게서도 여유가 넘쳐나는 것이다.

"연합장님, 간만입니다."

"성훈 씨, 한성 씨. 오랜만이네요."

대원들은 이승훈과 악수를 나누었다.

제론과 대원들은 완전 무장을 하고 있었기에 이승훈은 뭔가 일을 벌이려 한다는 사실을 직감했다.

"파밍을 나가시는 모양이군요."

"카이스트로 가려 합니다."

"예!?"

무려 지방 출장(?)이었다.

여기서 하기에는 힘든 이야기라 일행은 이승훈의 집을 방문했다.

30평 정도의 단층 전원주택이다.

남자 혼자 살기에는 지나치게 넓었지만, 추후 가족이 생긴다는 것을 감안하면 탁월한 선택이었다.

세월의 흔적은 있었지만 내부 수리는 거의 끝나 가고 있었다.

현대적인 냄새가 물씬 풍기는 실내.

이승훈은 대원들에게 커피를 대접했다.

"카이스트에 가신다고요."

"금속 프린터를 구해야 해서요."

"금속 프린터라……."

제론은 카렌 대륙에서 벌어지고 있는 일을 이야기해 주었다.

페로우 영지는 병력을 대규모로 증강하는 중이었는데,

신식 무기로 무장을 시키려면 반드시 금속 프린터가 필요하다는 내용이었다.

이승훈은 몇 마디만 들은 것만으로도 모든 상황을 이해했다.

"헬기 조종사가 필요하시군요."

"맞습니다. 조종 자체는 어려운 일이 아니죠. 전에 서울을 방문했던 것처럼 해 주시면 됩니다."

이승훈은 바로 고개를 끄덕였다.

"알겠습니다."

"배려에 감사드립니다."

"별말씀을. 귀하가 아니었다면 신문명은 시작될 수도 없었어요. 그리 위험한 일도 아니니 바로 준비하겠습니다."

역시 이승훈에게 바로 부탁하기를 잘했다.

헬기 조종사에게는 그리 위험한 임무가 아니라고 해도, 원산도를 벗어나 대전으로 향한다는 자체가 큰 모험이었다.

그럼에도 이승훈은 이것저것 따지지 않고 제론을 돕기로 했다.

모든 일에는 명분이 필요하다.

제론은 헬기 주변으로 몰려드는 사람들에게 현재의 상황을 설명할 필요가 있었다.

당연히 금속 프린터 때문에 대전으로 향한다는 소리는 하지 않았다.

"정찰을 나가신다고요?"

"예, 놈들이 어디에서 무슨 짓을 벌이고 있는지 알 수 없으니, 최소한 이 부근은 정찰을 해 보려고요."

"굳이 그럴 필요 있을까요?"

"혹시 모르는 일에 대비해야 하지 않겠습니까?"

"위험해서 그러죠."

"위험하지는 않습니다. 헬기에만 있을 테니까요."

명분은 완벽했다.

서울 연합에서는 증거까지 보여 주며 한반도 어딘가에 변이체 군단이 존재한다는 사실을 어필했다.

이 때문에 군사 동맹이 체결된 것이기도 했다.

원산도에서는 하루에 드론을 5대씩 운용하며, 놈들의 흔적을 찾으려 하였으나 실패했다.

드론이 가동되는 범위가 있었기에 일정 수준까지는 나갈 수가 없었기 때문이다.

하지만 소방 헬기는 다르다.

원한다면 한반도 어디라도 정찰한 후에 돌아올 수 있었다.

사람들은 헬기가 육지에 착륙하지 않는다는 조건하에 동의했다.

다만, 백시아를 비롯한 특수 부대 대원들이 어디에서 왔는지는 해명할 필요가 있었다.

"이분들은 타 섬에서 살고 있는 소수 생존자들입니다. 백시아 님은 전에 보셨죠."

"소수 생존자들이라니……. 차라리 저희 섬으로 들어오면 좋을 텐데요."

"저희 측 사람들이 고립을 원해서요."

"아쉬운 일이네요."

백시아와 대원들에 대해서도 대충 넘어갔다.

모든 설명을 마친 사람들은 헬기에 몸을 실었다.

타다다다!

잘 정비된 소방 헬기에서는 잡소리 하나 나지 않았다.

현재 서산 전역에 존재하는 헬기들은 죄다 원산도로 옮기는 중이다.

그럴 일은 없겠지만, 변이체 군단이나 타 세력의 침공으로 인해 원산도 쉘터가 위기에 빠졌을 경우에는 비상 탈출을 하겠다는 계획이 세워져 있었다.

헬기는 비상시 사람들의 목숨을 구해 줄 수 있는 최후의 수단이었으므로 잘 관리하는 중이었다.

연료는 가득 채워져 있었다.

지금 타고 있는 소방 헬기의 항속 거리는 900km가 넘는다.

대전을 몇 번이나 다녀오고도 남을 만큼 긴 항속을 자랑하였기에 작전을 수행하는 데는 아무 지장이 없다.

제론은 서울 연합에도 미리 연락을 취해 소방 헬기가 지나갈 것이라고 통보했다.

괜히 서울 연합에서 설레발을 쳐서 날아가는 헬기를 격추시키기라도 하면 곤란했기 때문이다.

"그럼 다녀오겠습니다."

"무리는 하지 마세요."

"물론이죠."

제론은 떠나기 전까지 이한설의 잔소리를 들어야 했다.

그래도 그 잔소리가 듣기에 나쁘지는 않았다.

제론을 걱정해서 하는 소리였으니까.

타다다다!

헬기는 힘차게 날아올라 바다를 넘어갔다.

서산을 가로지르는 동안 서울 연합 사람들이 손을 흔드는 모습이 보였다.

그들은 평소 서산 시청에서 생활하지만, 식량의 수급을 위해 공장 단지에서 살다시피 했다.

이승훈은 제론이 없는 동안 그들이 얼마나 열심히 일하는지 전해 들었다.

"정말 대단한 사람들입니다. 하루도 쉬지 않고 12시간

이상씩 일을 하니까요."

"쉬는 날이 없다고요?"

"예, 최대한 많은 식량을 비축해야 한다고 보는 모양입니다. 워낙 식량난에 시달려 왔으니까요."

"하긴."

누구라도 그럴 것이다.

단순히 식량이 모자란 수준을 넘어 아사자가 속출했었다.

사람이 매일같이 굶어 죽는 광경을 직접 보게 된다면, 그 PTSD가 얼마나 심했을 것인가.

서울 연합은 하루에도 어마어마한 양의 기계를 파밍했다.

심지어 서산 전역에 존재하는 차량과 중장비를 모조리 긁어모을 기세로 가져와 수리하는 중이라고 했다.

서산 시청 앞에 주차(?)되어 있는 차량이 끝도 없었다.

"물량이 제법 많은데 감당이 되시겠습니까?"

"식량 걱정은 없어요."

고작 500명이다.

그들을 먹일 식량은 충분했다.

수입도 꾸준히 이루어지고 있었고, 추수가 끝나면서 페로우 영지의 창고는 식량으로 가득 차 있었다.

서울 연합이 그렇게 열심히 일해 준다면 고마울 뿐이다.

헬기는 서산을 지나 홍성으로 향했다.

확실히 육상이 아닌 하늘을 가로질러 가니 빠르기는 했다.

백시아와 대원들은 망원경으로 지상을 정찰하기 바빴다.

반파된 건물들과 방치된 차량들.

끝도 없이 널브러져 있는 시신에 이르기까지.

수도권만큼은 아니었지만, 지상에는 끔찍한 광경들이 이어지고 있었다.

헬기가 세종시를 지나고 있을 때였다.

백시아는 고개를 갸웃거리며 망원경의 배율을 높였다.

"혹시 저놈들인가요?"

"예?"

"청주 쪽을 한 번 봐 주세요."

세종시 북동쪽이 청주다.

청주에서 남쪽이 또 대전이었으니, 목적지와도 매우 가까운 거리였다.

제론은 청주 쪽을 정찰하다가 눈살을 찌푸렸다.

"맞는 것 같군요."

어마어마한 변이체 군단이 청주를 가로지르고 있었다.

자세히는 보이지 않았지만, 청주에 존재하는 모든 생존자와 변이체들을 싹쓸이하고 있을 것이다.

사진이나 동영상으로만 봤지, 실제로 천 마리가 넘어가

는 변이체 군단이 움직이는 모습은 가히 장관이었다.

"승훈 씨, 동쪽으로 빙 돌아서 놈들에게 가죠."

"예?"

"똑똑한 놈이라지 않습니까? 마치 우리가 동쪽에서 온 것처럼 위장하자는 겁니다."

"허! 좋은 전략이군요."

변이체 군단을 직접 마주하게 되었으니 무시할 수는 없다.

동쪽에서 헬기가 날아온 것처럼 위장해서 다시 동쪽으로 날아갈 예정이었다.

똑똑한 5차 진화체라면 동쪽에 뭔가가 있다고 생각할 것이 틀림없었다.

"제깟 놈들이 아무리 똑똑해 봤자 한낱 미물이지요."

인간처럼 머리를 쓴다고 해도, 변이체는 결코 인간을 뛰어넘을 수 없을 것이다.

제론의 작전이 과연 어느 정도의 효과를 보일지는 알 수 없었다.

그럼에도 실행하지 않는 것보다는 낫다는 의견이었다.

변이체 군단은 동쪽으로 이동하는 중이다.

이런 와중에 동쪽에 뭔가 있을 것처럼 헬기가 나타나면 놈들이 본래의 목적지보다 더 멀리 진군할 수도 있었다.

시간 벌기가 가능하다는 뜻이었다.

운이 좋으면 놈들이 한반도 동부를 몇 달 이상 헤맬 수도 있었다.

타다다다!

소방 헬기는 작전을 위해 대전을 거쳐 보은으로, 보은에서 청주로 빙 돌아가기로 했다.

생각보다는 오래 걸리지 않을 것이며, 소방 헬기의 연료가 넉넉했기에 실행할 수 있는 작전이었다.

헬기는 기왕이면 대전 북부를 거쳐 가는 김에 카이스트가 위치하고 있는 유성구를 지나가기로 했다.

경부 고속 도로를 따라 올라가니 유성 IC가 보였다.

대전은 과학 기술의 도시이기도 했지만, 교통의 중심지라고도 불렸었다.

경부 고속 도로 중간 정도에 위치하고 있었기에, 오래 전부터 유성에 물류 공장을 지어 유동 인구가 많았다.

거주 인구도 많은 편이라 유성 IC는 러시아워 시간이 되면 정체가 상당히 심했다.

그걸 증명이라도 하듯 경부선부터 IC까지 수많은 차량으로 답답하게 막혀 있었다.

하필 변이체가 덮쳤던 시각이 러시아워였던 모양이다.

차량들은 엉망진창으로 박살 나 있었다.

차량이 막히는 가운데 괴물들이 나타나니, 너도 나도 살기 위해 차를 움직이면서 이런 모습을 만들어 낸 것으로 보였다.

서울 양재 IC 만큼은 아니었지만 그에 버금갈 정도로 도로가 차량으로 가득 차 있었다.

IC와 C대학 사이에는 반파되어 뒤집힌 차량으로 즐비했다.

이 부근에서 동맥 경화를 일으킨 것 같은 광경.

그나마 C대학을 지나 카이스트로 향하는 길은 뚫려 있었다.

카이스트 부근은 한적했다.

제론은 생각보다 카이스트가 외진 곳에 있다는 사실을 깨달았다.

"카이스트 내부는 제법 한적하네요."

"임무가 어렵지 않겠는데요?"

사람들은 걱정을 조금 내려놓았다.

여기 오기 전까지는 내심 위험한 상황이 연발될 것이라 예상했었다.

그랬기에 미리 탈출 계획을 세워 놓기도 했다.

하지만 이 정도로 대학교가 한적하다면 너무 긴장하지 않아도 될 것 같았다.

카이스트를 지나 4차로는 무역 센터까지 쭉 이어졌다.

이만하면 카이스트의 입지는 대전 외곽이라고 봐도 무방

했다.

　헬기는 대전을 지나 보은으로 접어들었다.

　배후로 속리산이 펼쳐져 있는 한적한 시골.

　하늘에서 보은을 내려다보면 이곳만 변이체의 침공을 비켜 간 듯 보였다.

　망원경으로 자세하게 살펴보니 망가지고 깨진 건물이 즐비하기 했지만, 시신은 많지 않았다.

　"곧 청주입니다."

　변이체 군단을 찾는 것은 어렵지 않았다.

　놈들은 청주 시내 한복판을 관통하고 있었다.

　변이체 군단의 머리 위로 헬기가 멈추니, 천 마리가 넘어가는 괴물이 일제히 이곳을 올려다봤다.

　수도 없이 많은 붉은 눈.

　누가 봐도 소름 끼치는 장면이었다.

　-끼에에에엑!

　-꾸에에에엑!

　놈들이 마나 섞인 사자후를 지르자 사람들이 머리를 감싸 쥐었다.

　청주 전체가 흔들리는 것 같은 착각마저 들었다.

　헬기도 살짝 흔들거렸다.

　그나마 사자후의 영향을 가장 덜 받는 사람은 제론이었다.

그는 망원경으로 군단을 이끄는 5차 진화체의 모습을 볼 수 있었다.

헬기가 나타나자 놈 역시 반응했다.

온몸을 둘러싸고 있는 은빛 갑각이 벌어졌다.

고개를 하늘로 쳐들자 갑각 안의 붉은 눈동자가 보였다.

쾅!

5차 진화체는 어마어마한 속도로 높은 건물 옥상까지 쇄도하더니 점프했다.

"고도 올리겠습니다."

정신을 차린 이승훈은 바로 헬기의 고도를 높였다.

여기서 지상까지는 무려 수백 미터나 된다.

어떤 생명체도 여기까지는 점프하지 못할 것이라고 봤지만, 혹시 모르는 일이라 고도를 높인 것이다.

예상대로 5차 진화체는 헬기까지 도달하지는 못했지만, 100미터 아래까지 뛰어올라 사람들을 놀라게 했다.

"미, 미친 점프력입니다."

"와, 저 녀석. 뭔가 다리에 장비를 한 것 같은데요?"

박성훈은 망원경으로 놈을 자세하게 살피더니 혀를 내둘렀다.

제론 역시 놈의 다리에 뭔가 장비가 되어 있음을 보았다.

우려가 현실이 되는 순간이었다.

"인간이 만든 물건을 장비한 것 같네요."

"……."

제론은 예전부터 5차 진화체가 과학 문명과 결합하는 것을 우려하고 있었다.

육체의 힘만으로도 골치였는데, 과학 문명에 접근하여 활용한다?

재앙이 따로 없었다.

이 정도의 응용력이면 5차 진화체가 자신의 부하들을 무장시킬 수도 있을 것이다.

'아직 확정은 아니야.'

변이체들의 지능이 꽤 높다고 해도 아직 총기를 사용할 수준은 아닐 터였다.

다들 놀라서 혀를 내두르고 있을 때, 5차 진화체 녀석의 손이 쭉 늘어났다.

"젠장! 고도를 더 올리세요!"

"예!"

헬기는 더욱 고도를 높였다.

놈의 팔이 채찍처럼 길게 늘어났다.

결국에는 긴 줄처럼 휘어졌는데, 저기에 맞으면 헬기가 잘려 나갈 것이 틀림없었다.

여기서 헬기를 잃으면 곤란해진다.

제론은 검을 뽑아 정면으로 날아오는 채찍을 후려쳤다.

콰과광!

다행히 채찍은 튕겨 냈지만 그 충격을 헬기가 고스란히 받았다.

타다다다!

헬기가 회전하며 밀려났다.

"제어가 되지 않습니다!"

회전력 때문에 조종간이 먹통이었다.

제론은 헬기가 회전하는 반대 방향으로 마탄을 쐈다.

콰광!

마탄은 단순히 마력을 뭉쳐 발사하는 행위다.

거대한 공 형태의 마력을 뭉쳐 발사하자 헬기의 회전력이 반감되었다.

미친 듯이 흔들리던 헬기를 이승훈이 제어했다.

"허억! 허억!"

"다들 다친 곳 없습니까?"

"괜찮은 것 같아요."

사람들은 식은땀을 줄줄 흘렸다.

이번에는 정말 위험했다.

제론도 예상하지 못했던 일이다.

설마 다리에 어떤 장치를 달아 점프력을 높였을 줄이야.

팔이 이토록 늘어난 것은 충격적이었다.

다들 위기에서 벗어나 가슴을 쓸어내렸지만 헬기가 말썽을 부렸다.

어디선가 그르륵거리는 소리가 들렸기 때문이다.

이승훈은 난감한 표정을 지었다.

"잠시 지상으로 내려가 정비를 해야겠는데요?"

"심각한 문제인가요?"

"나사가 풀린 것 같군요."

헬기가 충격을 받았으니 멀쩡할 수는 없을 것이다.

다행히 부품이 튕겨져 나간 것은 없었으니, 간단한 정비만으로도 다시 운행이 가능할 것이다.

헬기는 보은으로 접어들어 속리산으로 직행했다.

유명한 산에는 반드시 헬기장이 있기 마련이었다.

다행히 헬기장은 넓었으며, 착륙을 하는데도 무리가 없었다.

위이잉…….

이승훈은 헬기를 착륙시키자마자 시동을 껐다.

"후아!"

숨을 몰아쉬는 사람들.

잘못하면 헬기가 추락할 뻔했다.

물론 실드가 있어 죽지는 않았겠지만, 보은에서 서산까지 가려면 반드시 다른 헬기를 구해야 한다.

헬기를 구하지 못하면 대전을 뒤적거리거나 차량을 타고 이동해야 했을 텐데, 그게 쉬울 리 없었다.

사람들은 헬기에서 내려 사방을 경계했다.

헬기가 요란한 소리를 내며 착륙했으니, 근처에 있는 변이체들이 이곳으로 달려올 것은 쉽게 예상할 수 있었다.

-끼에에엑!

아니나 다를까.

산속에서 괴성이 울려 퍼졌다.

제론은 망원경을 꺼내 괴성이 들린 방향을 확인했다.

"1차 변이체?"

"1차요?"

사람들은 변이체 몇 마리가 뛰어오고 있음에도 안심했다.

1차 변이체.

지구를 멸망시켰던 원흉이지만, 그 당시에는 워낙에 개체수도 많았고 정보가 부족해 많은 사람들이 당했다.

군대가 총이 아닌 냉병기로 무장만 했었어도 이 지경까지는 되지 않았을 것이다.

1차 변이체 정도는 창검만 잘 사용하면 충분히 죽일 수 있는 수준이었다.

산전수전을 다 겪어 온 사람들에게 있어 1차 변이체는 사냥감에 불과했다.

"끼에에엑!"

1차 변이체들이 헬기장으로 올라오는 순간.

퍼억! 퍼버벅!

그 즉시 사망이었다.

개량된 석궁은 손쉽게 변이체의 머리통을 꿰뚫었다.

검은 피가 흘러내리며 대지를 적셨다.

박성훈은 한 방에 절명한 변이체의 시신을 발로 건드려 죽음을 확인했다.

"감회가 새롭네요. 이제는 1차 진화체가 멧돼지 정도로 보일 지경이니까요."

"그러게 말입니다."

이 부근 변이체가 진화하지 못한 이유는 동족 포식을 하지 않았기 때문으로 보인다.

속리산 정도면 규모도 컸고, 야생 동물도 많았을 것이다.

동물을 잡아먹으며 생존해 왔다면, 진화하지 않은 채 지금까지 버티는 것도 가능하다.

이 부근에는 인구도 적어 사람들이 많이 없었을 것이니, 지능이 발달할 시간도 없었다.

제론에게는 한없이 다행스러운 일이었지만.

일행들이 학살(?)을 하는 동안 이승훈은 정비를 끝냈다.

"프로펠러 부분에서 소리가 났었습니다. 조금만 늦었으면 큰일 날 뻔했어요."

이승훈은 괜스레 식은땀을 훔쳤다.

정비는 프로펠러의 나사를 조이는 정도로 끝났지만, 조금만 정비가 늦었으면 프로펠러가 날아갔을 것이다.

그때는 최악의 상황으로 번졌을 것이 틀림없다.

이승훈은 마지막으로 기름칠을 끝내고 헬기에서 가방을 꺼냈다.

"기왕 이렇게 됐으니 도시락이라도 먹고 갈까요? 다들 시장하지 않습니까?"

"그러고 보니 배가 고픈 것도 같군요."

"어떻게 할까요?"

사람들은 제론을 바라봤다.

그는 고개를 끄덕였다.

"카이스트에 도착하면 식사할 시간도 없을 테니, 여기서 배를 채우고 갑시다. 소화는 가면서 시키면 되고요."

일행은 속리산이 한눈에 내려다보이는 널찍한 바위에 자리를 잡았다.

도시락은 샌드위치다.

카렌 대륙에서 밀가루가 충분히 공급되고 있었기에 원산도 사람들은 빵을 만들어 먹기 시작했다.

이제 생존을 위한 음식에서 즐기는 음식으로 넘어가고 있는 단계다.

샌드위치에는 해산물이 가득했다.

해산물 샌드위치가 조금 이상할 것 같지만 의외로 괜찮은 맛이다.

여기에 신선한 우유가 더해지니 금상첨화였다.

식사를 마치고는 커피를 한잔씩 마셨다.

땀을 식히면서 산 정상에서 도시락까지 먹으니 멸망하지 않았던 지구에서의 삶과 겹쳐졌다.

제론의 머릿속으로도 가족과 함께 등산을 갔었던 기억이 스쳤다.

변이체 몇 마리를 처리했지만 그것을 제외하면 아주 평화로운 풍경이 이어지고 있었다.

다들 같은 생각인지 감상에 젖어 있었다.

짝짝!

그런 일행을 제론이 일깨웠다.

"식사 마쳤으면 출발합시다."

"이렇게 평화로운 광경을 보고 있자니, 옛날 생각이 나서 말이죠."

"이런 감성은 다 죽은 줄 알았는데."

"사람이라면 모두가 마찬가지죠. 하지만 이제는 회한에만 젖을 필요가 없어요. 앞으로 평범한 일상을 만들어 나가면 되니까요."

"지당하신 말씀입니다."

사람다운 삶을 위한 원산도 개척이었다.

제론의 말대로 앞으로 펼쳐질 미래는 회한이 아니라 추억으로 가득하게 될 것이다.

헬기에 올라탄 후 시동을 걸려던 그 순간이었다.

파아앙!
속리산 중턱에서 폭죽이 터졌다.

일행은 서로의 얼굴을 바라봤다.
누가 봐도 이건 구조 신호였다.
산속에서 폭죽이 터졌다는 것은 인위적인 일일 수밖에 없다.
이곳에 살고 있는 변이체의 수준을 생각했을 때, 생존자가 터뜨렸을 가능성이 매우 높았다.
"어떻게 할까요?"
일행은 제론에게 물었다.
이번 작전의 책임자가 제론이었으니 리더에게 의중을 묻는 것은 당연했다.
"최소한 약탈자는 아닐 겁니다."
고개를 끄덕이는 사람들.
이 깊은 산속에 생존자가 있다면 야생 동물이나 채집을 하며 살아남았을 가능성이 높았다.
주변에는 밤나무나 도토리나무, 여러 나물이 자랐으니까.
설마 지금까지 산속에서만 쭉 살아온 생존자가 있는 걸까?
인간의 생존력이 얼마나 강한지 생각해 보면 불가능한

일은 아닐 것이다.

변이체들의 수준이 낮다는 것도 한몫을 한다.

지능이 크게 발달하지 못한 것은 물론, 도주를 하고자 한다면 피하지 못할 수준도 아니었기에 지금까지 살아남았다고 봤다.

약탈자일 가능성이 적다면 구출해야 한다.

그다지 먼 곳도 아니었기에 임무 수행에 지장이 생길 일도 없었다.

"갑시다. 생존자가 있다면 그 사람도 목숨을 걸고 도움을 요청한 것일 테니."

지금껏 살아남은 생존자가 평범할 리는 없다.

뭔가 특별한 기술이 있으니 살아남았다고 보는 편이 옳다.

그렇기에 구출한다.

위험하지도 않은 임무였으니 부담도 없었다.

"저는 혹시 모르니 여기서 대기하고 있겠습니다."

"위험에 처할지도 모르는데 괜찮겠습니까?"

"지금껏 살아남은 짬밥이 있죠."

이승훈이 자신감 있는 얼굴로 가슴을 두드렸다.

이곳에 강력한 변이체가 있다면 제론도 말렸겠지만, 이승훈의 말대로 어떤 일이 발생하더라도 스스로 처리할 수 있을 수준은 됐다.

여차하면 헬기를 움직여 날아오르면 되는 일이었고.

"가능하면 빨리 다녀오겠습니다."

제론은 일행을 이끌고 빠르게 산을 내려왔다.

시신이 존재하지 않는 평범한(?) 산이었다.

이리저리 동물이나 사람이 움직인 흔적만 있었다.

그들은 폭죽이 터진 방향을 따라서 쭉 내려갔다.

5분도 채 내려가지 않아 수풀로 위장하고 있는 산장이 모습을 드러냈다.

"크르륵. 크르륵."

산장 앞에 열 마리 정도의 변이체가 어슬렁거렸다.

제론은 헬기가 나타났기에 생존자가 위험에 빠졌음을 직감했다.

헬기가 요란한 소리를 내지 않았다면 변이체가 모이지 않았을 테니, 생존자가 위험에 빠진 데는 제론의 책임이 컸다.

"바로 처리하도록 하죠."

"네!"

일행들은 석궁을 쏴 변이체들의 머리통을 날렸다.

퍼억! 퍼어억!

"꾸엑!"

"끼에에엑!"

간단한 사냥이었다.

지금까지 워낙에 난이도 높은 사냥만 해와서인지 1차 변이체를 사냥하는 정도는 별로 어려운 일도 아니었다.

순식간에 변이체 8마리가 죽었다.

나머지 두 마리가 일행을 향해 달려오자 제론이 매직 미사일을 쏴서 마무리했다.

콰광!

푸확!

매직 미사일에 연달아 맞은 놈들은 머리통이 터져 나가며 즉사했다.

5서클에 이르게 되니 매직 미사일도 단순한 1서클 마법이 아니게 되었다.

너무나 손쉬운 정리였다.

일행이 산장 앞에 이르자 문이 열리며 50대 중반의 남자가 모습을 드러냈다.

일반적으로 보던 생존자들과는 꽤 다른 행색이었다.

옷은 낡았지만 깨끗했고, 얼굴도 면도가 잘 되어 말끔하기만 했다.

날렵한 몸매에 근육이 군더더기 없이 붙은 모습.

속리산에서 생존해 오면서 동물을 사냥해 충분한 단백질을 공급해 먹은 것 같았다.

중년인의 뒤로 제론보다 조금 어린 소녀가 모습을 드러냈다.

중년 남자도 그랬지만, 소녀 역시 평범해 보이지는 않았다.

그녀는 동물 가죽으로 만들어진 옷을 입고 활로 무장까지 하고 있었다.

남자의 입이 열렸다.

"혹시 구조 신호를 받고 오셨습니까?"

"예, 생존자이십니까?"

"어쩌다 보니 지금껏 살아남았군요."

남자가 일행과 인사했다.

그러면서도 모두 경계를 늦추진 않았다.

지구에서는 이런 경계가 인사나 마찬가지였다.

구조를 하러 왔다고 해도 웃는 낯으로 인사하다가 뒤통수를 때리는 경우가 허다했기 때문이다.

그나마 남자는 백시아의 모습을 보고 조금 안심한 표정이었다.

일행 중 여자가 끼어 있었으니, 마냥 나쁜 사람은 아니라고 인식했던 모양이다.

"잠시 들어오시겠습니까?"

"그러죠."

제론은 잠깐 시간을 내기로 했다.

남자의 의중을 들어 보아야 한다.

변이체도 박멸이 됐겠다, 산속에서의 삶에 만족하며 오

히려 떠나지 않으려 할 수도 있었다.

사람의 생각은 다 다른 법이었으니까.

남자는 칡차를 대접했다.

향긋하게 퍼지는 향기에 일행은 잠시 차를 마시지 않고 대기했다.

처음 보는 사람이 준 차를 검증도 되지 않은 채 마시는 것은 어리석은 일이었으니까.

하지만 남자는 이해한다는 듯 먼저 차를 마셔 아무런 이상이 없음을 증명했다.

그제야 일행도 차를 들었다.

"감사합니다. 정말로 오실 줄은 몰랐습니다."

"저희 때문에 벌어진 일이니까요."

"이런 세상에서 인의가 남아 있다니, 놀랍네요."

"모두가 그런 건 아닙니다. 세상이 각박해졌다는 것은 부정할 수 없지만."

주로 대화를 나누는 것은 제론과 남자였다.

남자가 다소 의외라는 눈빛을 보였다.

누가 봐도 제론은 10대 후반에서 20대 초반 언저리의 외모였다.

그럼에도 일행의 리더였으니 정체를 궁금해하는 것이다.

백시아는 그런 남자의 반응에 걱정 말라는 듯 말했다.

"제론 님은 일행의 리더일 뿐만 아니라, 신문명의 수호

자이십니다."

"신문명……이요?"

"서해안 섬을 개척해서 만든 문명이죠. 인구는 대략 300명 정도이고요."

"……!"

"그 밖에 500명 규모의 서울 연합과 동맹을 맺고 있습니다. 풍족한 식량과 해산물이 강점이죠."

"허어."

남자와 소녀는 연신 감탄했다.

부녀(父女)가 지금까지 살아남았다면 산을 벗어나서 살 생각도 충분히 했을 것이다.

조금이라도 정찰을 해 봤다면 지구가 어떤 상태인지 보았을 것이다.

약탈자와 변이체가 넘쳐나는 세상에 그만한 규모의 집단이 남아 있다는 정보는 쉽게 믿을 수 없는 이야기였다.

"여기 사진도 있어요."

제론이 단체 사진 한 장을 내밀었다.

이런 때에 대비하라고 찍은 사진은 아니었고, 원산도가 평정되고 주민들이 함께 모여 기념사진을 찍어 한 장씩 보관했다.

부녀는 평범해 보이는 사람들이 안전한 섬에서 찍은 사진을 보며 놀랐다.

사진 속에는 제론도 웃고 있었으니, 거짓말이 아니라는 사실은 증명된 것이다.

제론은 궁금한 점을 물었다.

"도대체 어쩌다가 이곳에 자리 잡으셨습니까?"

"가족들과 함께 속리산 등반을 하다 이리됐죠."

어디서나 있을 수 있는 흔한 이야기였다.

주말을 맞아 가족들이 속리산에서 등산을 하다가 사건이 터졌단다.

다행히 판단이 빨랐던 남자는 가족들과 함께 산 깊은 곳으로 대피했고, 산장을 만들어 버렸다.

"아내는 5년 전에 세상을 떠났습니다."

남자는 아내가 죽은 이야기에 대해서는 말을 아꼈다.

변이체를 운운하는 것을 보니 굳이 물어보지 않아도 어떻게 된 일인지 짐작할 수 있었다.

여기까지는 흔하게 들을 수 있는 이야기였으나 지금부터가 중요했다.

"그 전에는 뭘 하셨습니까?"

"직업이요? 이런 세상에서 직업이 무슨 상관있을지 모르겠습니다만……. 카이스트 교수였습니다."

"……!"

일행들은 서로의 얼굴을 바라보며 놀란 표정을 지었다.

카이스트 교수?

대충 들어도 굉장한 재원이었다.

"혹시 학과가……."

"신소재였습니다. 정말 쓸모없게도 말이죠."

남자는 쓴웃음을 지었다.

멸망한 세상에서 신소재를 다루는 전문가는 분명 메리트가 없는 백수였다.

전공과 상관없이 살아남기 위해서는 여러 가지를 배워야 했을 것이며, 대부분의 지식을 경험으로 쌓았을 것이 틀림없었다.

하지만 그의 전공이 카렌 대륙으로 넘어오면 어떻게 될까.

공대로 명성이 자자한 카이스트의 교수가 평범한 사람일 리 없었다.

분명 여러 분야에 급속한 발전을 이룩할 것이다.

"교수님의 성함을 알 수 있을까요?"

"이거 멋쩍군요. 오찬식이라고 합니다."

"반갑습니다, 오 교수님. 저는 제론 페로우라고 합니다."

"아, 네."

"저는 오유진이라고 해요."

소녀도 이름을 밝혔다.

이제 제론을 이들을 설득해야 했다.

이 자리에서 카렌 대륙을 운운하기는 힘들었고, 우선은

사람이 많은 곳에서 평범하게 살 수 있다고 꼬드겼다.

"교수님, 함께 가시죠. 교수님은 여기 계실 사람이 아니에요."

"예?"

"신소재를 다루었다면 기본적으로 공학과 관련된 여러 기술을 습득하셨을 것으로 보입니다만."

"그거야."

산장에는 전기가 설치되어 있었다.

수력 발전과 풍력 발전을 결합한 전력이었다.

이것만 해도 쓸모가 많아 보였는데, 소재 공학 교수였다면 카렌 대륙으로 넘어왔을 때 과학의 발전을 이끌어 줄 수도 있었다.

제론이 반드시 데려가야 하는 인재였다.

"여기는 희망이 없어요. 먹을 것도 무한은 아니지 않습니까? 사람은 혼자서 살 수 없어요. 따님도 혼자 늙어 죽게 할 수는 없잖아요."

오찬식은 절로 고개를 끄덕였다.

지금까지는 부녀가 서로 의지하며 살아왔지만 소녀가 꿈도 펼쳐 보지 못하고 늙어 죽는 것은 결코 부모가 원하는 바가 아니다.

제론의 딸이 아직 살아 있었다면 그 역시 그랬을 테니까.

"저희는 카이스트로 향하던 길이었습니다."

"카이스트요!?"

"3D 프린터를 구하러 말이죠."

"3D 프린터는 왜……?"

"공학에 필요해서 말입니다. 물론 교수님을 카이스트로 데려가겠다는 의미는 아닙니다. 헬기에서 대기하고 계셨다가 저희 쉘터로 가시죠. 새로운 세상에서 교수님의 지식을 펼쳐 주신다면 풍족하게 사실 수 있습니다."

"음, 하지만 이렇게 갑자기."

"동쪽으로 괴물들이 진군하고 있습니다. 여기도 안전하지 않아요."

회유와 더불어 협박이 이어졌다.

물론 이 협박은 사실에 기반한 것이다.

변이체 군단이 동쪽으로 진군하고 있는 것은 사실이었다.

재수 없게 놈들이 속리산으로 들어오기라도 하면, 부녀는 결코 살아남을 수 없을 것이다.

제론이 동영상을 보여 주었다.

청주 상공에서 촬영된 영상이었다.

천 마리가 넘어가는 변이체 군단이 동쪽으로 진군하고 있는 엄청난 광경.

부녀의 얼굴이 사색으로 변했다.

"물론 놈들이 속리산으로 온다는 보장은 없습니다. 그래도 가능성이 있는 것이 사실이죠. 놈들은 천 마리가 넘으니까요."

부녀는 식은땀을 흘렸다.

누구라도 이 미친 광경을 보고 있으면 침착할 수 없을 것이다.

제론부터가 그랬으니까.

"따님에게 미래를 선물하시죠."

협박은 잘 먹혔다.

오찬식이 고개를 끄덕였으니까.

"바로 준비하겠습니다."

"탁월하신 판단이십니다."

부녀가 짐을 꾸리는 동안 제론과 일행은 밖에서 대기했다.

지금부터 오찬식은 특급 인재다.

카렌 대륙으로 데리고 들어가기까지 철저하게 호위할 것이다.

교수의 가치를 알아본 사람은 제론뿐만이 아니었다.

이승훈이 헬기를 혼자 지키고 있을 거라는 사실은 알고 있었지만, 이렇게 시간을 써서라도 데려갈 가치가 있었다.

백시아는 제론에게 엄지를 척 올렸다.

"대단한 인재를 구하셨네요."

"재야의 인재를 발견한 거죠."

지금부터는 온갖 감언이설로 구슬려야 한다.

희망이 있는 삶.

오찬식이 카렌 대륙으로 넘어가면 연구실 신세를 면치

못하겠지만 최소한 삶의 질 만큼은 지금과 비교할 수 없어질 것이다.

부녀의 짐은 생각보다 단출했다.
각자 배낭 하나씩을 맨 것으로 끝이었다.
"짐이 적군요."
"무거운 장비를 헬기에 실을 수는 없으니 말입니다."
오 교수가 지금까지 제작했던 발전기나 냉병기, 덫은 모두 두고 갈 수밖에 없는 것이다.
그중에서 가장 아까운 것이 수력 발전기와 풍력 발전기였지만 어쩔 수 없었다.
제론은 후일을 기약했다.
부녀가 카렌 대륙에 자리를 잡고 난 이후 다시 방문해도 되니까.
그때 꼭 필요한 장비가 있다면 오 교수를 이곳에 데려와서 장비를 해체하게 할 것이다.
제론이 하루 5톤이나 되는 무게를 실어 나를 수 있게 된 이상, 산장에 설치된 장비를 빼가는 것은 그리 어려운 일이 아니었다.
대원들은 철저히 부녀를 호위했다.
오 교수를 페로우 영지의 연구원으로 기용하기 위해서는 그의 정신을 지탱하고 있는 딸도 함께 보호해야 한다.

박 노인도 그렇고, 강씨를 비롯한 많은 인재가 사랑하는 사람을 지키기 위해 노력하고 있었다.

정신을 지탱해 주던 사람이 사라지면 무너지는 것은 당연한 일.

그런 일들을 수도 없이 겪어 온 제론이었기에 평소보다 더욱 긴감을 높여 경계했다.

다행히 헬기장까지 올라오는 동안 별일은 없었다.

이승훈은 일행이 오는 동안 헬기 이곳저곳을 손보고 있었다.

"오셨군요."

"별일 없었습니까?"

"다행히도 말이죠. 폭죽 소리를 듣고 죄다 산장 앞으로 몰려간 모양입니다."

그 소란이 일어났음에도 변이체들은 더 이상 모습을 보이지 않았다.

속리산 밖에서 내부로 들어오는 놈들이 있을지는 모르겠지만, 기존의 변이체는 모두 처리한 것으로 보였다.

"그럼 타시죠."

부녀가 먼저 탑승하고 백시아와 대원들이 올라탔다.

제론은 헬기에 타기 전에 잠시 이승훈과 대화를 나누었다.

"저분은 신소재 학과 교수님입니다."

"신소재요?"

"카렌 대륙에 꼭 필요한 인재죠."

이승훈은 몇 마디 나누지 않았음에도 제론의 의도를 이해했다.

금속을 비롯한 소재를 다루는 사람이라면 원산도에 꼭 필요한 인재라고 볼 수는 없었다.

그보다는 카렌 대륙에 잘 어울렸다.

오 교수는 무기를 개발하고 여러 장비들을 튼튼하고 가볍게 경량화 할 수 있는 사람이었다.

그 외에도 할 일은 무궁무진했다.

그에 비해 이제 막 시작하는 문명에서는 신소재의 중요성이 떨어진다고 볼 수 있었다.

원산도는 문명의 발전보다 생존에 중점을 두어야 했으니까.

적어도 몇 세대는 지나야 소재 공학의 중요성이 대두될 것이다.

"협력이 필요하시군요?"

"맞습니다."

"걱정 마세요."

최종적으로는 교수 부녀가 거처를 선택하게 될 테지만, 사람들이 협력한다면 그들의 마음을 지구에서 카렌 대륙으로 돌리게 만들 수는 있었다.

이승훈도 그 사실을 알았기에 흔쾌히 협력하기로 했다.

"자, 그럼 출발합니다."

헬기는 아까보다 부드럽게 작동했다.

헬기가 떠오르자 속리산에서 빠르게 멀어졌다.

부녀는 감개무량한 표정이었다.

오늘의 만남은 모두에게 있어 기적 그 자체였다.

제론이 변이체 군단을 동쪽으로 유인하겠다는 계획을 짜지 않았다면, 그리고 5차 진화체가 뛰어올라 헬기를 고장 내지 않았다면 속리산에 헬기가 착륙할 일은 없었다.

우연이 겹쳐 구조되었으니 부녀에게는 천운이라 할 수 있었다.

"교수님."

"예, 제론 페로우 님."

"혹시 연구실에 3D 프린터가 있을까요?"

"물론이죠. 3대나 있습니다."

"3대요?"

"소재 공학을 연구하다 보면 필수적인 물건이니까요."

오 교수가 재직하던 시절에는 초전도체 연구를 위해 매진했었다고 한다.

그 정도로 고도화된 과학 기술을 연구하고 있었다면 기초 지식도 상당할 것이다.

'교수는 반드시 카렌 대륙으로 데려가야 한다.'

제론은 다시 한번 결심을 굳혔다.

"혹시 연구실로 가는 길이 기억나시는지요?"

"어찌 잊겠습니까?"

오 교수는 제론이 내미는 종이에 약도를 그렸다.

신소재 학과 교수라더니, 그림도 곧잘 그렸다.

흔들리는 헬기 안에서 빠르게 약도가 완성된다.

제론은 소재 공학 건물 옥상에 내릴 예정이었으므로 거기서부터 약도를 참고하여 이동하면 될 것이다.

오 교수가 그린 약도는 제법 정밀했다.

"3D 프린터도 중요하지만 전자 현미경이나 몇 가지 시약들도 가져오면 쓸모가 있을 겁니다."

"또 필요하신 건 없습니까?"

"예?"

"혹시 교수님이 연구를 다시하게 되신다고 치고 필요한 물건들이요."

"흠, 연구 자료가 담긴 노트북이 있으면 쓸모가 있겠죠. 그 밖에 고가의 장비들이 있습니다."

"적어 주세요."

오 교수는 마치 어제 출근을 했던 사람처럼 어디에 뭐가 있는지 자세하게 적었다.

연구실로 들어가기 위해 필요한 열쇠의 비밀번호라든가 전자 현미경을 비롯한 고가의 장비들은 반드시 필요하다는 말까지 덧붙였다.

"귀한 정보 감사드립니다. 연구 자료까지 내주기는 힘드

셨을 텐데."

"허허, 세상이 이 지경이 되었는데 연구 자료가 무슨 쓸모 있겠습니까? 지금 같아서는 식량 포대와 바꾸어도 될 만큼이나 가치가 없지요."

오 교수의 생각은 일반론이었다.

망가진 문명에서 신소재 공학이 필요할 만큼 발전하기 위해서는 최소한 수백 년은 걸릴 것이다.

그런 미래를 위해 투자하는 것보다는 당장 쌀과 바꾸는 것이 낫다고 여기는 것은 지당했다.

세상이 멸망한 지 얼마 되지 않은 시점이라면 연구 자료를 지키는 것이 당연하다고 생각하겠지만, 산전수전을 겪어 보면 사람은 바뀌기 마련이다.

"알려 달라고 하시니 약도를 적어 주었지만 괜찮으시겠습니까? 여기에 적혀 있는 장비들은 못해도 몇 톤은 나갈 겁니다만."

오 교수의 말에 제론은 어깨를 으쓱였다.

"그건 걱정 마시죠."

"하긴, 제가 걱정할 일은 아니죠."

오 교수가 카렌 대륙으로 넘어가게 되면 아마 깜짝 놀랄 것이다.

페로우 영지에 오 교수가 사용하던 장비와 연구 일지들이 그대로 있을 테니까.

헬기는 유성으로 접어들었다.

카이스트까지 날아가는 동안 오 교수 부녀는 처참하게 망가진 시내를 내려다보며 혀를 내둘렀다.

"세상이 이렇게까지 망가졌을 줄이야."

"보은 시내는 멀쩡했나 보군요."

"보은 역시 망가지기는 했지만 이 정도는 아니었죠. 건물까지 이렇게 반파되었을 줄은 몰랐습니다."

"그나마 여긴 양호합니다. 서울이나 다른 지역은 말도 못해요."

제론은 타 지역의 환경이 얼마나 좋지 않은지 설명해 주었다.

변이체는 진화를 거듭하고 4차까지 가는 순간 분노를 주최하지 못해 건물을 때려 부수며 다닌다고.

그 성질머리를 생각하면 꿈에라도 나올까 무서울 지경이었다.

유성구 시내는 시신이 즐비하였으며, 망가진 차량과 건물이 즐비했지만 그래도 수도권에 비하면 조족지혈이었다.

특히나 변이체 군단이 이동하고 있는 지역은 도시가 완파되고 있다고 봐도 과언이 아니었다.

청주 시내를 들여다보면 답이 나온다.

이번에 촬영된 장면들은 영지로 복귀해 분석을 해 볼 테지만, 도시의 건물들이 폭삭 주저앉는 경우도 허다했다.

마치 분노 바이러스가 집단으로 전염되듯 말이다.

한편의 지옥도를 감상한 부녀는 생각에 잠겼다.

그동안 헬기는 카이스트 옥상 위에 도착했다.

"그럼 다녀오겠습니다."

"자, 잠깐만요!"

오 교수가 제론의 팔을 붙들었다.

그는 손가락으로 대학로를 가리켰다.

잡초가 무성하게 자란 대학로 위로 수십 마리의 변이체들이 달려오고 있었다.

대체적으로 2차 변이체였으며, 제론에게 있어서는 크게 위협이 되는 무리가 아니었다.

하지만 오 교수의 생각은 달랐다.

"저놈들에게 둘러싸이면 답이 없습니다."

"고작(?) 서른 마리 정도군요. 처리할 수 있으니 걱정 마세요."

"예!? 지금 무슨 말씀을 하시는 겁니까?"

제론이 오 교수에게 붙들려 있는 동안 백시아와 대원들은 이미 레펠을 타고 옥상으로 내려갔다.

제론은 오 교수의 어깨를 두드렸다.

"지켜보세요."

팟!

제론 역시 헬기에서 내렸지만 레펠을 타고 내려가는 것

이 아니라 실드를 치고 뛰어내렸다.

위에서 오 교수 부녀의 비명 소리가 들렸다.

쿵!

제론은 소재 공학 건물 옥상에 착지했다.

이곳으로 수십 마리의 변이체가 쇄도하는 중이었다.

지금쯤 오 교수 부녀는 뚫어지게 이곳을 주시하고 있을 것이다.

제론은 간단하게 작전을 설명했다.

"제가 마법으로 쓸어버리면 나머지 놈들을 쏴서 죽이면 됩니다."

"네!"

백시아와 대원들은 제론의 작전에 한 치의 의심도 없었다.

이미 제론이 수도 없이 변이체를 사냥하는 광경을 지켜봤던 사람들이다.

그러니 의심하는 것이 오히려 이상한 일이다.

콰콰콰콰!

제론은 내부의 마나를 내보내 외부의 마나와 감응시켰다.

바람이 역방향으로 불며 장관을 만들어 냈다.

서른 마리나 되는 변이체를 몰이사냥 할 때에는 벽을 쳐주는 것이 중요했다.

괜히 건물 안에서 전투를 벌이지 않으려면 여기서 한 마리도 남김없이 쓸어버려야 한다.

변이체들이 건물 앞 50m 지점에 이르렀을 때.

"스톤 월(Storn Wall)."

삼면에서 거대한 벽이 솟아났다.

굳이 헬기를 올려다보지 않아도 오 교수 부녀의 눈이 튀어나올 정도로 놀랐을 것은 쉽게 짐작할 수 있었다.

철컥.

백시아와 대원들은 석궁을 겨눈 채로 혹시 빠져나가는 변이체가 없는지 감시했다.

변이체들은 달려오다가 갑자기 생겨난 벽에 부딪쳤다.

콰광!

엄청난 속도였지만, 벽이 부서지지는 않았다.

4차 변이체도 한 방에 부술 수 없는 벽이니, 2차 변이체 따위가 부술 수 있을 리 만무했다.

제론은 다음 마법을 캐스팅했다.

"윈드 블레이드(Wind Blade)."

30미터에 이르는 막이 씌워졌다.

변이체들이 막에 갇힌 있는 가운데 바람의 칼날이 작렬했다.

콰과과과광!

"끼에에엑!"

찢어지는 듯한 비명.

막 안에 존재하는 모든 변이체가 조각조각 나기 시작했다.

헬기 안.

조종사는 가만히 조종간을 쥔 채로 움직이지 않았다.

오찬식은 지금 일어나는 모든 상황이 이해되지 않았다.

'이게 무슨.'

방금 전에 제론 페로우라는 청년이 헬기에서 뛰어내렸다.

부녀는 함께 비명을 지를 정도로 깜짝 놀랐다.

헬기와 옥상의 거리가 10미터는 되었는데 그냥 뛰어내린다고?

최소한 골절에, 심하면 사망이었다.

하지만 그들의 예상은 빗나갔다.

제론 페로우가 가볍게 착지하며 변이체가 달려오는 방향으로 몸을 틀었기 때문이다.

"말도 안 돼."

"……."

조종사는 그저 미소만 짓고 있을 뿐, 변이체에 대한 걱정은 하지 않고 있었다.

잠시 후, 더욱 놀라운 광경이 펼쳐졌다.

제론 페로우를 중심으로 바람이 역으로 바뀌더니 바닥에서 삼면으로 거대한 벽이 형성된 것이다.

"헉!"

"저, 저게 뭐죠?"

마법을 처음 접하는 부녀는 소스라치게 놀랐다.

저게 가능한 일인가?

과학자였던 오찬식은 저게 과학적으로 가능한 일인지 생각해 봤지만, 결코 아니라는 결론을 내렸다.

대체 어떤 기술이 저만한 벽을 순식간에 만들어 낸단 말인가?

변이체들이 갇히자 이번에는 벽 안에 바람의 칼날이 변이체들을 조각조각 냈다.

보기만 해도 무시무시한 괴물들이 찍소리도 못 한 채로 몰살당해 버린 것이다.

"허……."

"와……. 저게 뭐지?"

이제야 부녀는 사람들이 왜 그토록 긴장하지 않았는지 깨달았다.

저런 괴물 같은 무력을 갖추고 있었기에 변이체가 달려오는 정도로는 긴장조차 되지 않았던 것이다.

가만히 조종간을 잡고 있던 이승훈이 부녀를 바라보며 씩 웃었다.

"마법이라고 들어 보셨는지 모르겠군요."

『멸망한 지구를 주웠다』 13권에서 계속